Aurora Finalis

Die Erde gehört nicht den Menschen, der Mensch gehört der Erde. (Chief Noah Seattle, 1786 – 1866)

Der Mensch ist zwar unheilig genug, aber die Menschlichkeit der Person muss ihm heilig sein. (Immanuel Kant, 1724 – 1804, deutscher Philosoph)

Ich glaube an den Menschen, und dabei bleibe ich,
sowie ich an die Natur glaube und dabei bleibe,
wenn ich sehe, wie in der Wüste eine kleine Blume erblüht. (© Phil Bosmans, 1922 - 2012, belgischer Ordenspriester, Telefonseelsorger und Schriftsteller, ›der moderne Franziskus‹)

Markus Zimmermeier

Aurora Finalis

Bibliografische Information der Deutschen Nationalbibliothek:
Die Deutsche Nationalbibliothek verzeichnet diese Publikation in der Deutschen Nationalbibliografie; detaillierte bibliografische Daten sind im Internet über http://dnb.dnb.de abrufbar.

© 2015 Markus Zimmermeier

Foto: sharpphotos
Lektorin: Melanie Lübker

Herstellung und Verlag: BoD – Books on Demand, Norderstedt

ISBN: 978-3-738622263

Inhaltsverzeichnis

	Seite
Prolog	7
Kapitel 1 – Das Erwachen	9
Kapitel 2 – Schöne neue Welt	18
Kapitel 3 – Zusammen allein	26
Kapitel 4 – Down under	34
Kapitel 5 – Eiskalt erwischt	45
Kapitel 6 – Wahrheit oder Pflicht	55
Kapitel 7 – Zusammenbruch	63
Kapitel 8 – „Der andere hat angefangen"	70
Kapitel 9 – Seelenverwandte	80
Kapitel 10 – Über den Wolken	90
Kapitel 11 – Der Aufstand	99
Kapitel 12 – Das Quiz	106
Kapitel 13 – Willkommen auf Spitzbergen	117
Kapitel 14 – Die Stunde des großen Bruders	125
Kapitel 15 – Das Ende	133
Epilog	143

Prolog

Im Sommer einer nicht allzu fernen Zukunft

„Emre Abd Ali ist tot. Sein Herz hat versagt."
„Wie bitte? Sein Herz hat einfach so aufgehört zu schlagen? Unmöglich!"
„Das sagt zumindest der Polizeibericht. Hier! Lies es selbst!"
Stefan Franzen klatschte seinem Mandanten und Freund Uli Niemann die Tageszeitung, das Hamburger Abendblatt, auf dessen Schreibtisch.
„Auf die Polizei verlasse ich mich schon lange nicht mehr."
„Ich weiß", dachte Stefan bei sich. „Du verlässt dich lieber auf deine Schar von Bodyguards."
Zögernd zog Uli das Blatt zu sich, um einen Blick darauf zu werfen. Er brauchte nicht lange, bis er die Schlagzeile las: 'Ehemaliger Profifußballer stirbt an Herzversagen.'
„Was für ein Quatsch! Als ich ihn letzten Monat getroffen habe, war er fit wie ein Turnschuh."
Verächtlich warf Uli die Zeitung von seinem Tisch, stand auf und ging ans Fenster. Von dort schaute er nachdenklich auf das vor ihm liegende Hamburg herab. Uli hatte mit seinen gerade einmal 37 Jahren ein Imperium geschaffen, das es ihm gestattete, in der

prächtigsten Penthouse-Wohnung im edelsten Stadtteil von Hamburg zu thronen. Er sah eine Stadt, die von den Strahlen der Sonne hell erleuchtet wurde. Doch dieses Bild kam ihm unecht und trügerisch vor. Irgendetwas braute sich zusammen. Wie immer, wenn er das Gefühl hatte, dass es kritisch wurde, holte er sein Schweizer Taschenmesser hervor. Er hatte es von seinem Vater bekommen, der es wiederum von *seinem* Vater bekommen hatte. Mit der Übergabe des Messers war eine Einführung in die Welt eines Preppers verbunden. Wie jeder Prepper bereitete sich auch Uli auf den großen Notfall vor. Er wollte 'prepared', also vorbereitet sein, wenn der "WTSHTF"-Tag kam, 'when the shit hits the fan' (fan = Ventilator). Ein Schweizer Taschenmesser gehörte dabei zur Standardausrüstung. Es war sein ständiger Begleiter. Der ständige Umgang mit dem Messer hatte Spuren hinterlassen. Der Asterix-Aufkleber, der sich krampfhaft an die rote Fläche des Messers klammerte, war kaum noch zu erkennen. Mit Leichtigkeit hätte Uli dieses Überbleibsel aus seiner Kindheit entfernen können. Doch Uli hielt an ihm fest, auch wenn es bedeutete, dass er das Messer wie ein rohes Ei behandeln musste.
„Aber wenn es kein natürlicher Tod war", fing Herr Franzen an. „Was war es dann?"
„Ich fürchte, es waren *er* und seine Bande. Ein Giftmord würde zu ihnen passen. Mit Chemikalien kennen sie sich jedenfalls bestens aus. Auch wenn sie dies nicht so gerne zugeben. Diese Heuchler!"
„Was willst du also tun, Uli?"
Mit dem Blick immer noch zum Fenster gewandt, antwortete Uli: „Mein Vater hat immer gesagt 'Be prepared! Allzeit bereit'."

Dann drehte er sich um zu Stefan, der geduldig darauf wartete, dass der Bemerkung seines Freundes noch eine Erklärung folgte. Uli nahm einen tiefen Atemzug und verkündete dann: „Lange habe ich mich darauf vorbereitet. Nun ist die Zeit gekommen, die Zeit für Terra Galla."

Kapitel 1: Das Erwachen

Wenige Tage später

„Juchu! Wir haben eine Urlaubsreise gewonnen!"
„Ach, das ist doch bestimmt bloß eine dieser nervigen Fakemeldungen: 'Sie sind der tausendste Besucher unserer Website. Deshalb schenken wir Ihnen eine Reise ins Paradies.' Damit wird man im Internet doch zugemüllt."
„Nein. Du liegst falsch. Dies ist ein echter Gewinn!"
„Woher willst du das wissen?"
„Weil ich hier echte Flugtickets habe! Und echte Hotelreservierungen! Ich habe das alles gerade telefonisch gecheckt. Sowohl die Fluggesellschaft als auch das Hotel konnten diese Reise bestätigen."
„Wow! Cool! Und wohin geht die Reise?"
„Nach Spitzbergen."
„Spitzbergen? Diese kleine Inselgruppe am nördlichen Ende der Welt?"
„Genau."
„Und wann soll es losgehen?"
„Am 13. September."

„Super. Das passt ja genau in die Herbstferien! Dann wird es bestimmt ein toller Familienurlaub!"

Wochen später, am 14. September

Elena erwachte. Langsam öffnete sie ihre schweren Augenlider, die Platz machten für den Anblick einer pinken Zimmerdecke. Schnell schloss sie ihre Augen wieder. Das war eindeutig zu grell. Vor dem nächsten Versuch, ihre Augen an ihre Umgebung zu gewöhnen, drehte sie ihren Kopf vorsichtig zur Seite. Doch schon wieder wurde sie von dieser grellen Mädchenfarbe geblendet. Die Zimmerdecke, die fensterlosen Wände... War denn hier alles pink? Nein. Ihre Augen fanden endlich etwas Abwechslung und Erleichterung. Es war der graue Metalltisch in der Mitte des Raumes. Auf ihm sah sie ein großes, hölzernes, rotweißes Puppenhaus stehen. Dahinter entdeckte sie ein graues Regal mit Puppen und Büchern. Daneben befanden sich zwei Schränke, von denen einer etwas geöffnet war. Sie erkannte ihre Reise- und ihre Handtasche und Kleider, deren Farbspektrum von hellrosa bis violett reichte. Kurz, das Zimmer war ein Mädchentraum. Es bot alles, was sich Mädchen bis zu einem gewissen Alter wünschten. Trotzdem fühlte sich Elena mehr als unwohl. Dabei war sie durchaus ein typisches Mädchen. Sie mochte es, sich schön zu machen. Sie mochte Bücher. Auch mit Puppen hatte sie gespielt – aber das war vor einer gefühlten Ewigkeit. Jetzt war sie 16 Jahre alt und damit auf der Schwelle zu einer erwachsenen Frau. Eine Frau, die merkte, dass etwas ganz Entscheidendes nicht stimmte: Dieses Zimmer war nicht dasselbe, in dem sie sich gestern schlafen gelegt

hatte. Es war nicht das ihr bekannte Hotelzimmer auf Spitzbergen. Nein, hier war sie noch nie gewesen. Und sie wusste nicht, wieso sie *jetzt* hier war. Was war geschehen? Wie kam sie hierher? Und wo war der Rest ihrer Familie?
Plötzlich.
Ein Klopfen.
Reflexartig stieg sie aus dem Bett. Dabei berührten ihre Füße den marineblauen PVC-Boden, dessen Kälte und Glätte sie nicht wahrnahm. Dafür war sie noch immer zu benommen.
Ein weiteres Klopfen. Es klang ganz harmlos, beinahe unschuldig. Doch sie blieb regungslos auf dem Bett sitzen. Sie war zu sehr damit beschäftigt, ihre Gedanken zu ordnen. Zwischen dem gestrigen Tag und dem jetzigen Erwachen konnte sie keine Verbindung herstellen. Es machte einfach keinen Sinn.
Das Klopfen wurde lauter, fordernder.
„Lass mich doch erst mal zu mir kommen!", murmelte sie leicht verärgert.
Dann hörte sie eine vertraute Stimme. Es war die ihres Bruders Andreas.
In Elena keimte Hoffnung auf. Vielleicht konnte er Licht ins Dunkel bringen. Zumindest ihre Miene erhellte sich jetzt schon, als sie entschlossen zur Tür schritt.
„Hi, Andi", begrüßte sie ihren Bruder Andreas, der sie mit seinen 1,85 m um etwa einen Kopf überragte. Noch bevor er ihr Zimmer betreten konnte, schob sie nach: „Kannst du mir vielleicht erklären, wo wir hier eigentlich sind?"
„Das Gleiche wollte ich dich gerade fragen", antwortete ihr Bruder enttäuscht. Aber schon im nächsten Moment war von seiner Ernüchterung nichts mehr zu

spüren. „Daran kann man wohl sehen, dass wir Zwillinge sind. Wir wollen immer das Gleiche."
„Allerdings wollte ich es eine halbe Stunde früher als du, Andi."
Elena liebte es, ihren Bruder daran zu erinnern, dass sie kurz vor ihm geboren wurde.
„Ich bin halt ein geborener Gentleman, der die Ladies immer vorlässt", erwiderte Andi, der es seiner Schwester nicht übel nahm, dass sie ihn immer wieder mit dieser alten Geschichte aufzog.
„Was meinst, Andi? Sollen wir mal nachschauen, ob wir unsere Eltern finden?"
„Okay", antwortete der Junge und trat einen Schritt zur Seite: „Nach dir, Schwesterherz."
Elena ging an ihrem Bruder vorbei und schaute in ein halb geöffnetes Zimmer, dessen dominante Farbe Blau war. Daher vermutete sie, dass es das ihres Bruders war. Mittlerweile konnte sie sogar über die traditionelle Farbgebung ihrer Zimmer schmunzeln. Gender-Mainstreaming war offensichtlich nicht bis in dieses Gebäude vorgedrungen.
Dann inspizierte sie den Flur. Auf der linken Seite endete der Flur schon nach wenigen Metern. In die andere Richtung erstreckte sich der Flur allerdings über etwa 15 Meter. Von dort, wo sie stand, konnte sie zwei weitere Türen entdecken, die sich einander gegenüber befanden. Die beiden Jugendlichen hofften, dass hinter einer dieser Türen ihre Eltern untergebracht waren.
Sie wussten, dass es nur einen Weg gab, dieses herauszufinden. Also wählten sie eine der beiden Türen aus und klopften daran. Angespannt lauschten sie nach irgendwelchen Geräuschen oder Stimmen. Aber auch nach dem zweiten und dritten Klopfen blieb es

still. Elena drückte die Klinke nach unten, um zu testen, ob die Tür vielleicht offen war. Negativ. Es schien niemand, drin zu sein. Daher beendete Andreas sein hoffnungsvolles Schweigen und fragte seine Schwester: „Was ist eigentlich das Letzte, an das du dich erinnern kannst?"
„Ich weiß nur noch, dass wir im Svalbard-Museum in Longyearbyen auf Spitzbergen waren. Ein uniformierter Mann führte uns dann zu einem Raum, wo wir einen Augenblick warten sollten. Wir betraten diesen Raum und das war's. Seit dem Zeitpunkt habe ich einen Filmriss."
„Ja, mir geht es genauso", sagte Andreas nachdenklich und senkte seinen Kopf, dessen Haar die gleiche braune Farbe wie das seiner Schwester hatte.
„Komm, lass uns die andere Tür ausprobieren, Andi! Vielleicht sind dort unsere Eltern und warten nur darauf, uns all dies zu erklären."
Elena versuchte, ihren Bruder aufzumuntern. Um ihre Zuversicht zu unterstreichen, hämmerte sie nicht nur entschlossen gegen die Tür, sondern forderte ihre Eltern außerdem lauthals auf, ihnen Zutritt zu gewähren:
„Hey, Herr und Frau Sindermann! Wollt ihr wohl eure Kinder zu euch hereinlassen? Oder seid ihr gerade mit irgendwelchen nicht jugendfreien Aktivitäten beschäftigt?"
Erwartungsvolle Stille. In den Gesichtern der Zwillinge formten sich stumme Fragezeichen.
„Da!", rief Andreas plötzlich. „Ich glaube, ich habe etwas gehört."
„Stimmt! Es klingt, als hätte ich das Ehepaar Sindermann geweckt."
Kurz darauf zeigte sich eine Hälfte der erwachten Elternteile: ein großgewachsener schlanker Mann mit

kurzen graumelierten Haaren. In seinen Gesichtszügen paarte sich Freude mit Verwirrung.
„Hallo Kinder! Schön euch zu sehen. Aber sagt mal, wo sind wir hier eigentlich?"
Was seine Zerstreutheit anging, war Dr. Phil. Udo Sindermann des Öfteren eher einem Professor gleich. Das war auch dem Doktor der Philosophie bewusst, weshalb er darauf hoffte, dass seine aufgeweckten Kinder ihn mal wieder aus seiner Konfusion befreien konnten.
„Ich fürchte, wir sind genauso schlau wie du, Paps", antwortete Elena, die ihren Vater trotz seiner gelegentlichen Kopflosigkeit bewunderte, denn sie schätzte sein Streben nach Weisheit und Gerechtigkeit.
In dem Moment erschien eine schwarzhaarige Frau mittleren Alters an Udos Seite, dessen blasse Haut mit ihrem dunklen Teint einen starken Kontrast bildete.
Ihr Name war Ulima und sie war gebürtige Syrerin.
„Hallo Mama!", begrüßten Andi und Elena sie fast zur gleichen Zeit. Als 18jähriger Teenager war sie aus Syrien nach Deutschland geflohen, wo sie eine Stelle als Krankenschwester fand. In der Uniklinik von Köln traf sie auf den Philosophiestudenten Udo, nachdem er sich den Knöchel gebrochen hatte. Spätestens als er erfuhr, dass ihr Name 'die Weise' bedeutete, war er, der Weisheitsliebende, Feuer und Flamme für sie. Zu seinem Glück wurden seine Gefühle schnell von ihr erwidert, sodass sie schon ein Jahr später heirateten. Weitere zwei Jahre später kamen ihre Kinder Andreas und Elena Sophie zur Welt.
„Hallo Kinder! Habe ich es richtig verstanden? Keiner weiß, wie wir hierher gekommen sind? Dann lasst uns besser darauf konzentrieren, wie wir wieder heraus

kommen. Folgt mir! Mit dem Flüchten habe ich einige Erfahrung."

Ohne eine Antwort abzuwarten, trat Ulima aus dem Zimmer an ihren Kindern vorbei in den Flur, schaute sich dort kurz um und befahl: „Hier lang!"

Dabei zeigte sie mit dem erhobenen rechten Zeigefinger auf eine etwa 10 Meter entfernte Glastür, die den gemeinsamen Gang abschloss. Ihre Familie folgte ihr schweigsam gehorchend. Nachdem man unter Ulimas Führung die gläserne Pforte passiert hatte, blickten die Sindermanns auf nach oben führende Stufen, die als 'Ost-Treppe' gekennzeichnet waren und hinter denen sich ein 'Nordost-Trakt' ankündigte.

„Was für eine komische Einteilung!", fand Ulima. „Ich finde das Gebäude irgendwie sehr seltsam."

Andreas' analytischer Verstand aber fühlte sich von den ungewöhnlichen Kennzeichnungen herausgefordert: „Aha. Ich folgere daraus, dass sich unsere Zimmer im Südost-Trakt befinden", erklärte er nicht ohne Stolz.

„Stimmt, Andreas", pflichtete ihm sein Vater bei. „Aber man kann auch daraus schließen, dass diese Etage sowie dieses Gebäude höchstwahrscheinlich quadratisch ist."

„Und meine Schlussfolgerung lautet, dass wir nun die Stufen hinaufgehen werden", ergänzte Ulima, die in mathematischen Theorien nur geringfügigen Nutzen sah, „da wir uns offensichtlich im Keller dieses Gebäudes befinden."

„Das erklärt auch, warum wir keine Fenster in unseren Zimmern haben", fügte Elena leise hinzu. Mit etwas lauterer Stimme erklärte sie dann: „Okay, Mum. Dann lass uns mal schauen, was uns dort oben erwartet!"

Die Anwesenheit ihrer Familie gab Elena genug Mut, um ihre anfängliche Ängstlichkeit in Abenteuerlust zu verwandeln. Letztere spürte auch Ulima, die wieder voranschritt. Energisch betrat sie die Stufen, deren Zickzack-Profil ihnen besondere Rutschfestigkeit verlieh. Farblich unterschieden sie sich kaum von den marineblauen Böden und Wänden. Allein das abgerundete eiserne Geländer setzte sich durch seine glänzende Silberfarbe von seiner Umgebung ab. Als sie ein paar Stufen hinaufgestiegen war, schaute Ulima nach oben. Sie konnte erkennen, dass das Gebäude aus insgesamt drei Etagen bestand. Was sie auch jetzt nicht entdecken konnte, waren Fenster. Das grelle, künstlich erzeugte Licht an der Decke und an den Treppenhauswänden aber sorgte für soviel Helligkeit, dass die Strahlkraft der Sonne überflüssig schien.
„Nord oder Süd?", fragte Ulima in die Runde, nachdem ihre Truppe die zweite Etage erreicht hatte. Auch wenn sie sich als eine Frau der Tat betrachtete, war ihr Bedürfnis nach einer Führungsrolle nicht übermäßig groß.
„Nord!", sagte Andreas prompt.
„Wieso Nord?", wollte Elena von ihrem Bruder wissen.
„Im Norden gibt es Eisbären. Die find ich einfach cool."
„Und du glaubst, auf diese Weise kommen wir den Eisbären näher?", fragte ihn Elena skeptisch.
„Nein, natürlich nicht", antwortete Andreas. „Sehen will ich sie auch höchstens im Zoo. Von Angesicht zu Angesicht möchte ich lieber keinem Eisbären begegnen. Auf solch eine Konfrontation kann ich gut verzichten."

„Das können wir wohl alle", meldete sich ihr Vater zu Wort und stieß dann die Metalltür auf, die zum Nordtrakt führte. Im nächsten Moment bot sich ihm der Anblick eines lichtdurchfluteten Raumes, der viermal so groß war wie das Zimmer, das er sich in der vorangegangenen Nacht mit seiner Frau geteilt hatte. In dem Raum befanden sich acht gleichförmige, graue Tische, die in zwei Viererreihen angeordnet waren. An den nach außen gerichteten Tischkanten standen jeweils zwei Stühle, sodass sich, falls die Stühle allesamt besetzt worden wären, jeweils acht Menschen gegenübersaßen. Dieses Mal verschwendete der Familienvater allerdings kaum einen Gedanken an Mathematik oder Symmetrie. Dieses Zimmer, das als Versammlungsraum zu dienen schien, wies eine Besonderheit auf, die ihn weitaus mehr in seinen Bann zog und seinen Forscherinstinkt weckte: die Wände an der Ost- und der Nordseite des Saales hatten nicht die übliche blaue Farbe, sondern schienen aus Glas zu sein. Doch führte die Verwendung dieses Materials nicht zur Erleuchtung des Raumes. Im Gegenteil. Seinem forschendem Blick stellte sich eine undurchdringbare Dunkelheit entgegen. Machte etwa eine allzu finstere Nacht seine Hoffnung auf mögliche Erkenntnisse bezüglich seines unbekannten Aufenthaltsortes zunichte?
Während er sich dem Glas näherte, bat er seine Tochter, das Licht für einen kurzen Moment auszumachen. Diese gehorchte unverzüglich. Schlagartig wurde es dunkel. Deutlich mehr Zeit brauchte Dr. Sindermann, um sich an die Finsternis zu gewöhnen. Angestrengt versuchte er etwas jenseits der Glasscheibe zu erkennen. Die Sekunden verrannen. Nichts war zu sehen. Seine Hoffnung auf eine bedeutende Entdeckung lag

im Sterben. Aber was war das? Hatte sich gerade etwas in der Dunkelheit bewegt? Oder war sein Wunsch nach etwas Sichtbarem so groß, dass ihm seine Augen einen Streich gespielt hatten?
Plötzlich ging das Licht wieder an.
„Elena! Du solltest doch …", weiter kam der Philosophiedozent nicht. Am Lichtschalter stand nicht etwa seine Tochter, sondern ein ihm unbekannter Mann mit stark gebräunter Haut und schwarzer Haarfarbe.
„Falls Sie sich wundern, was sich hinter der Glasscheibe verbirgt", antwortete der Neuankömmling in korrektem Deutsch, aber mit indischem Akzent. „Es ist Wasser."
„Wasser?", wiederholte der Deutsche verblüfft, während er beobachtete, wie sich zwei dunkelhäutige Frauen neben den Inder stellten. „Dann muss es sich aber um ein ziemlich großes Aquarium handeln."
Der Inder schmunzelte. „Ich denke, den Atlantik oder den Arktischen Ozean als Aquarium zu bezeichnen, dürfte die Untertreibung des Jahrhunderts sein."

Kapitel 2: Schöne neue Welt

Die Nachricht vom Standort seines neuen Domizils traf Dr. Sindermann so heftig und unerwartet, dass er sich fast auf einem der vielen Stühle im Raum niedergelassen hätte. Doch seine Abneigung, vor den Augen seiner Familie Schwäche zu zeigen, hielt ihn davon ab. Stattdessen riss er sich zusammen und fragte den Überbringer der Hiobsbotschaft mit leicht aggressi-

vem Unterton: „Woher wissen Sie das? Haben Sie uns etwa hierher bringen lassen?"
„Nein. Meine Frau Ashanti, meine Tochter Mira und ich sitzen, wie man so schön in Ihrer Sprache sagt, im selben Boot wie Sie. Oder besser gesagt, im selben U-Boot", antwortete der Inder immer noch schmunzelnd. „Ich weiß es, weil ich die Schleuse gesehen habe, durch die man uns hineingebracht haben muss. Mein Name ist übrigens Dr. Kalidas Sharma."
„Aber könnte es nicht auch irgendein größerer See sein?", gab Udo zu bedenken.
„Spitzbergen ist nicht gerade für seine Seenlandschaften bekannt. Dafür hat es eine riesige Küste und Fjorde. Folglich dürften wir uns irgendwo nahe der Küste befinden."
„Ja, das klingt plausibel für mich", gestand Udo, der ein schlechtes Gewissen bekam, weil er den Inder für einen Entführer gehalten hatte. Also ging er auf Dr. Sharma zu und reichte ihm seine rechte Hand. „Verzeihen Sie bitte, dass ich so unhöflich war. Mein Name ist Dr. Udo Sindermann und dies sind meine Frau Ulima und meine Kinder Elena und Andreas."
Dr. Sharma nahm die Hand des Philosophen mit einem freundlichen Lächeln entgegen. „Machen Sie sich keine Vorwürfe, lieber Dr. Sindermann. Wahrscheinlich hätte ich an Ihrer Stelle genauso reagiert."
Auch nach dem Händeschütteln wandte Dr. Sindermann seine Augen nicht vom Inder ab, sondern fragte ihn gedankenverloren: „Sagen Sie, Dr. Sharma, kann es sein, dass wir uns schon einmal begegnet sind? Ihr Name kommt mir so bekannt vor."
„Ich glaube nicht, dass wir uns bereits begegnet sind. Der Name Sharma ist sehr verbreitet. Oder sind Sie

mal in Freiburg krank geworden? Dort habe ich nämlich seit 16 Jahren meine Arztpraxis."
„Nein. In der Nähe von Freiburg habe ich bloß einmal als Kind meinen Urlaub verbracht. Das war eine schöne Zeit ..."
„Wären Sie so freundlich, uns diese Schleuse zu zeigen, Dr. Sharma?", unterbrach Andreas seinen Vater, um ihm keine Chance zu geben, die anwesenden Personen mit dessen Kindheitserinnerungen zu langweilen.
„Ich kann sie dir zeigen, Andreas. Die Schleuse ist eine Etage über uns", kam Mira Sharma ihrem Vater zuvor. Sie war 15 Jahre alt und etwa 1,70 m groß. Ihre mittellangen glatten dunkelbraunen Haare formten einen Scheitel. In ihrem schmalen Gesicht strahlten große kastanienbraune Augen und glänzten schneeweiße Zähne, was Andreas nicht ungerührt ließ, zumal sie ihren erwartungsfrohen Blick nicht von ihm abwandte.
„Äh, gerne, äh ...", stammelte Andreas. Wie war nochmal ihr Name? Andreas fluchte innerlich, dass er vorhin nicht aufgepasst hatte. Was sollte sie nur von ihm denken?
„Ihr Name ist Mira", kam ihm seine Schwester zur Hilfe, die die Verlegenheit ihres Bruders bemerkt hatte.
„Danke, Schwesterherz. Möchtest du mit uns kommen?"
Sein Blick hatte etwas Flehendes. Er war es nicht gewohnt, dass Mädchen so direkt ihr Interesse an ihm signalisierten. In der Schule empfanden ihn die Mädchen meistens zu streberhaft und zu nett.
„Geht ihr mal ruhig alleine, damit ihr euch besser kennenlernen könnt", antwortete Elena mit einem süffi-

santen Grinsen, während sie sich dachte, dass sie dem 'Glück' ihres Bruders nicht im Wege stehen wollte. Sie wusste genau, wann ein Mädchen an einem Jungen interessiert war. Aus irgendwelchen ihr unerklärlichen Gründen traf dies auf Mira zu.

„Mist!", dachte Andreas – natürlich nicht laut. Seine Schwester ließ ihn im Stich. Selbst auf die Gefahr hin, für ein Müttersöhnchen gehalten zu werden, wandte sich Andreas an Ulima: „Mum, ist es okay, wenn Mira und ich nach oben gehen, um uns die Schleuse anzusehen?"

„Ja, geht ruhig!", erwiderte Ulima geistesabwesend. Ihre Gedankenwelt war von ihrer Sorge um eine Fluchtmöglichkeit aus diesem Unterwasserhaus größtenteils schon besetzt. Sie hoffte, Dr. Sharma konnte etwas Licht ins Dunkel bringen. Während ihr Sohn mit Mira verschwand, fragte sie den Mediziner: „Was konnten Sie noch über dieses seltsame Gebäude herausfinden? Können wir durch die Schleuse aus dieser seltsamen Unterkunft entkommen?"

„Nun ja, ich hatte nicht den Eindruck, dass die Schleuse dazu bestimmt ist, uns hieraus zu helfen, da ich nirgends irgendwelche Unterwasserfahrzeuge gesehen habe, die wir benutzen könnten. Wie es scheint, kommen wir, wenn keine Hilfe kommt, nur einzeln tauchend heraus. Aber da wir nicht wissen, wo im Meer wir uns genau befinden, könnte die Entfernung zum nächsten Ufer für einen Taucher zu groß sein."

„Was schlagen Sie also vor?", fragte Dr. Sindermann, der dem anderen Doktor aufmerksam zugehört hatte.

„Ich sehe zwei Strategien: Erstens sollten wir versuchen, Kontakt mit der Außenwelt aufzunehmen, damit uns Hilfe geschickt werden kann. Wenn das nicht

klappen sollte, müssen wir zusehen, wie wir alleine zurechtkommen."
„Falls wir überhaupt alleine sind!", warf Udo dazwischen. „Vielleicht treffen wir ja noch auf andere Leute."
„Das ist möglich, denn wir haben noch nicht das ganze Untersee-Gebäude besichtigt", gab Dr. Sharma zu. „Jedenfalls müsste einer oder eine von uns einen Tauchgang wagen. Wenn wir Glück haben, ist das rettende Ufer nur wenige Meter entfernt."
„Ja, wenn wir Glück haben", wiederholte Dr. Sindermann, „dann finden wir sogar die passende Ausrüstung." Er war zwar eigentlich nicht der pessimistische Typ, aber in diesem Fall war er eher skeptisch.
Seine Tochter Elena dagegen fiel bei dem Stichwort 'Kontaktaufnahme' gleich etwas ein, was ihr Gesicht aufhellen ließ: ihr Smartphone! Augenblicklich begann sie, in ihren Hosentaschen danach zu suchen.
„Verdammt! Wo ist bloß mein Smartphone?", fluchte sie.
„Ich fürchte, man hat uns unsere tragbaren Telefone weggenommen", bemerkte Ashanti Sharma mitleidsvoll. Als Mutter eines Teenagers konnte sie sich gut vorstellen, wie schlimm es für Elena sein musste, auf unbestimmte Zeit auf ihr Smartphone verzichten zu müssen.
„Gib die Hoffnung nicht auf, junge Frau", ermunterte sie den Teenager. „Wir werden schon einen Weg zurück in unsere Freiheit finden."
Beim Wort 'Freiheit' musste Ashanti Sharma an ihre Heimat Namibia denken. Dort war laut Verfassung zwar jeder gleichermaßen frei, doch in Wirklichkeit war die weibliche Bevölkerung in diesem südwestafrikanischem Staat noch weit entfernt von der Emanzi-

pation, wie sie in Europa üblich war. So wurde es ihr als junge Owambo-Frau verwehrt, zusammen mit Gästen an einem Tisch zu sitzen. Um gegen derartige Formen der Benachteiligung zu kämpfen, hatte sie beschlossen, Jura zu studieren. Diesen Plan verwirklichte sie mit der Unterstützung hilfsbereiter Verwandte in Deutschland, dessen Kolonie Namibia zwischen 1884 und 1918 war. Auf der Universität in Freiburg lernte sie schließlich Kalidas Sharma kennen, dem sie einige Jahre später ihre einzige Tochter Mira gebar.

„Du solltest unbedingt gleich nach oben gehen", riet sie Elena. „Dort findest du nämlich nicht nur eine Schleuse, sondern auch etwas, was mir Hoffnung gegeben hat", ergänzte sie geheimnisvoll. Was sie Elena nicht verriet, war, dass sie ahnte, weshalb Dr. Sindermann der Name Sharma bekannt vorkam, denn sie konnte sich genau daran erinnern, dass die Namen ihrer beiden Familien in einem speziellen Zusammenhang gefallen waren. Dass ihr Ehemann den Namen Sindermann nicht wiedererkannte, erklärte sie mit dessen schlechtem Namensgedächtnis. Die Bezeichnungen der seltsamsten Krankheiten und Medikamente waren kein Problem für Dr. Kalidas Sharma. Aber für das Memorieren von Personennamen war offensichtlich kein Platz mehr in seinem überfüllten Gehirn. Ashanti aber war sich sicher, dass auch Herr Sindermann unverhofft zum Gewinner einer Gratis-Reise nach Spitzbergen geworden war. Jedoch fand sie, dass jetzt noch nicht der Zeitpunkt gekommen war, ihre Entdeckung zu enthüllen, zumal die Beunruhigung unter den Mitgliedern der beiden Familen bereits groß genug war. Außerdem konnte es sich ja auch um einen Zufall handeln. Letzteres konnte sie erst ausschließen, wenn weitere bekannte Namen auftauchten.

In der Zwischenzeit hatten Mira und Andreas die dritte Etage erreicht. Anders als bei den zwei unteren Etagen entdeckten sie am Eingang ein Schild. Auf ihm stand 'Garten Eden'. Hatten sie hier etwa das Paradies entdeckt?
„Das klingt ja vielversprechend", fand Andreas, kurz bevor er die riesige Halle betrat. Ganz konnte das Schild sein Versprechen zwar nicht halten, aber immerhin konnte man das, was die beiden Teenager dort vorfanden, wirklich als Mischung aus Garten und Gewächshaus bezeichnen. Überall in diesem riesigen Raum, der fast die komplette Ebene umfasste, wuchsen irgendwelche Obstsorten, Früchte, Gemüsesorten und sogar Getreide.
„Ist es nicht schön hier?", schwärmte Mira und lief zu einem Apfelbaum. „Hier gibt es so viele wunderbare und köstlich aussehende Dinge. Und alles, was man tun muss, ist zugreifen."
Dies tat sie dann auch und hatte im nächsten Atemzug einen Apfel in der Hand, in den herzhaft hineinbiss.
„Hmm. Wirklich lecker! Willst du vielleicht auch einen Apfel?"
Andreas zögerte. Ihm kam alles hier unwirklich vor. Dieser Ort, dieses Mädchen, das ihn mit dem Apfel in der Hand an die biblische Eva erinnerte. War er dann Adam? Aber wie endete es nochmal für Adam und Eva in der Bibel? Folgte auf den Apfel nicht die Vertreibung aus dem Paradies? Er entschied sich, den Apfel vorsichtshalber abzulehnen.
„Nein, danke, Mira. Das hier mag zwar etwas Ähnlichkeit mit dem Paradies haben und, ähm, du mit Eva, aber …"

„Eva?", unterbrach ihn Mira. „Ist das deine Freundin?"
„Nein. Ich meine die Eva aus der Bibel. Ich habe keine Freundin."
„Fein. Ich habe auch keinen festen Freund."
„Echt nicht?", fragte Andreas verblüfft.
„Wieso wundert dich das?"
„Nun, weil du richtig hübsch bist und nett."
„Das bist du auch, Andreas?"
„Hübsch und nett?"
„Nett. Und ich mag nett. Jungs, die sich für die größten halten, aber nur Wirsing im Kopf haben, kann ich nicht ausstehen."
Dann biss sie wieder in ihren Apfel.
Andreas lächelte. „Und was glaubst du habe ich im Kopf?"
„Ich denke, du hast eine wohldosierte und farbenprächtige Mischung aus Weißkohl, Spinat, Radieschen und Kartoffeln im Kopf. Insgesamt durchaus reichhaltig und appetitlich."
Andreas strahlte. So etwas Schönes hatte noch nie ein Mädchen über ihn gesagt. Jetzt bereute er es ein wenig, dass er den Apfel abgelehnt hatte. Aber das konnte er, wie er hoffte, korrigieren.
„Steht das Angebot noch?"
„Meinst du den Apfel?"
Andreas nickte.
„Doch klar. Bitteschön!
In diesem Moment erschien Elena auf der Gartenebene: „Hey, Andi! Ich dachte, du wolltest …"
Weiter kam sie nicht. Der Anblick des riesigen Gewächshauses ließ sie verstummen: „Wow! Was ist denn das hier?"

Elena dämmerte es nun, wieso Miras Mutter vorhin von Hoffnung gesprochen hatte.
„Das ist unser eigenes kleines Paradies!", verkündete Andreas mit einem zufriedenen Lächeln. Zumindest für ihn wurde dieser Garten immer mehr dazu.
„Aha. Und deshalb isst du Äpfel, anstatt dir die Schleuse anzusehen", folgerte Elena.
„Genau. Und die Schleuse läuft uns ja nicht davon."
„Aber *ich* würde gerne aus diesem Gebäude laufen oder schwimmen oder wie auch immer... Hauptsache raus. Doch dafür muss ich Kontakt mit der Außenwelt aufnehmen, wofür ich wiederum irgendein Gerät brauche, mit dem ich eine Botschaft übermitteln kann. Hilfst du mir suchen, Andi?"
„Na klar, Schwesterherz!", erwiderte Andreas bereitwillig. In Wahrheit aber war sein Verlangen nach Kontakt mit der Außenwelt zurzeit eher gering. Dafür war die 'Innenwelt' in Person der charmanten Mira zu attraktiv.

Kapitel 3: Zusammen allein

Die Familien Sindermann und Sharma waren wieder vollzählig im Versammlungsraum in der zweiten Etage, von wo aus man in Richtung Süden gehen wollte. Die Entdeckung des riesigen Gartens in der dritten Etage hatte der Stimmung unter den unfreiwilligen Bewohnern des Unterwasserhauses gut getan. Denn eines wussten sie nun: Verhungern würden sie hier nicht. Internetfähige Geräte hatten sie dagegen noch immer nicht auftreiben können.

Die Osttreppe in ihrem Rücken, standen sie nun vor einer großen weißen Schwingtür, deren obere Hälfte aus Glas bestand, sodass man schon vor dem Betreten des Raumes erahnen konnte, was sich hinter der Tür verbarg, nämlich eine Küche.
„Hey, Paps! Wie gefällt dir dein neues Reich?", zog Mira den Inder auf, während er in eine riesige mit Tiefkühlkost gefüllte Gefriertruhe blickte. „Dort drüben sehe ich ein ganzes Regal voller Gewürze, mit denen du deine Opfer verbrennen kannst."
Andreas war schockiert, als er hörte, wie Mira mit ihrem Vater sprach.
„Und ich sehe jede Menge Geschirr, dass du anschließend waschen kannst, mein Liebes", erwiderte Kalidas Sharma trocken. Angesichts dieser gelassenen Reaktion von Miras Vater atmete Andreas erleichtert auf, was Mira, die Andreas immer mit mindestens einem Auge beobachtete, nicht verborgen blieb.
„Keine Angst, Andreas! Wir machen bloß Scherze. Nicht wahr, Paps?"
„Klar", antwortete dieser, während die anderen eine Tür entdeckten, die zu einem weiteren Raum führte.
„Einer auf Respekt und Liebe begründeten Beziehung, wie ich sie mit meiner Tochter habe, können kleine Neckereien nichts anhaben."
Um ihre Zustimmung zu unterstreichen, ging Mira zu ihrem Vater und umarmte ihn. Schnell hatte sie wieder Andreas im Blick: „Ist mein Papa nicht weise?"
Andreas lächelte zufrieden: „Ich denke, unsere Väter werden sich gut verstehen. Aber jetzt lasst uns mal

nachschauen, was meine Schwester und unsere Mütter in dem Nachbarraum gefunden haben!"
Als Andreas, Mira und ihr Vater den Raum betraten, erblickten sie eine triumphierende Ulima, die einen großen Plastikbeutel in den Händen hielt: „Seht mal her, was ich gefunden habe! Dies sieht ganz nach einem dieser Schlauchboote aus, die sich von selbst aufblasen. Ich habe mal eins davon in Syrien gesehen. Die können verdammt nützlich sein. Und Frau Sharma hat, wie ich sehe, noch ein zweites gefunden."
„Klasse!", lobte Dr. Sindermann die Frauen. „Zusammen mit dem Werkzeugkasten, den ich dort drüben sehe, scheinen die Boote das Nützlichste zu sein, was man hier finden konnte."
„Hey. Ich finde, diese Nähmaschine ist auch nicht zu verachten", rief Elena, die dafür ein zustimmendes Lächeln von Mira bekam. „Als Frau von Welt will man schließlich nicht in Lumpen herumlaufen müssen. Nicht wahr, Mira?"
„Absolut."
„Wenn ich mir dazu noch das Gartenwerkzeug dort drüben ansehe, scheint mir unsere Ausbeute gar nicht übel zu sein", resümierte Elenas Vater.
„Ich denke, man kann gespannt darauf sein, was der Westtrakt zu bieten hat", ergänzte Dr. Sharma und öffnete eine Tür, die Zugang zum Flur gewährte, der den Osttrakt vom Westtrakt trennte.
Mit den Räumen der zweiten Hälfte des Hauses hielten sich die beiden Familien nicht besonders lange auf, sondern durchquerten zügig eine Bücherei, einen Sanitätsraum mit einem umfangreichen Medikamentenvorrat und einen Fitnessraum, zu dem eine Dusche und eine Kammer mit Waschmaschinen gehörte.

„Na Andreas! Ich glaube, von nun an wird es sehr schwer für dich sein, eine Ausrede zu finden, nicht ins Fitness-Studio zu gehen", sagte Elena grinsend und drückte ihrem Bruder eine Hantel in die Hand, die dieser nur mit Mühe tragen konnte. Er musste zugeben, dass er seine Muskeln bisher ziemlich vernachlässigt hatte, was er jetzt auch merkte. Wie nur konnte er dieser unangenehmen Last entkommen, ohne sein Gesicht zu verlieren? Schließlich wollte er vor Miras Augen nicht als Schwächling dastehen. Da passierte etwas Unerwartetes, aber für Andreas durchaus Willkommenes: fremde Stimmen erklangen von irgendwoher.

„Habt ihr das auch gehört?", fragte Andreas erstaunt in die Runde. „Das waren doch Stimmen! Ich glaube, sie kommen aus dem Raum vor uns."

Als alle ihre Augen auf die letzte ungeöffnete Tür in dieser Etage richteten, ließ Andreas unauffällig die Hantel herab und bewegte sich ungewohnt schnell zum rettenden Ausgang. Er öffnete die Tür und stutzte. Was war das? Der Raum war gefüllt mit alten und jungen Menschen, die irgendwelche seltsamen Bewegungen machten. Die Sharmas und die Sindermanns waren also nicht die einzigen Menschen hier! Vom Alter her konnte es sich bei diesen acht Leuten ebenfalls um Familien handeln, und zwar um zwei, die insgesamt fünf Kinder hatten. Es fehlte nur noch ein männlicher Erwachsener, um die traditionelle Kleinfamilie zu vervollständigen.

Je vier von ihnen standen wild gestikulierend vor jeweils zwei großen Bildschirmen. Dieses komische Theater war offensichtlich Teil eines Videospiels. Er schätzte, dass es sich entweder um die Playstation 7 oder um Wii XY handelte. Da er aber selbst kein Fan dieser Art der Freizeitbeschäftigung war, blieben einige Zweifel, die ihn aber nicht sonderlich belasteten. Immerhin konnte er mit relativ großer Sicherheit sagen, dass es sich bei dem Spiel um 'Quickbrick' handelte. Bei diesem Spiel ging es darum, dass die Teilnehmer möglichst schnell und möglichst originell in Teamwork ihr Traumhaus bauen mussten.

Die Leute im Raum waren so im Spiel vertieft, dass sie erst nach und nach merkten, dass sie nicht mehr alleine in ihrem Spielparadies waren. Zuerst drehte sich eine schlanke, blonde Frau zu den Neuankömmlingen um. Sie war Anfang 30 und hörte auf den Namen Oksana Samaras, nachdem sie, die gebürtige Ukrainerin, den Griechen Georgios Samaras geheiratet hatte. Als sie die Situation erfasst hatte, steckte sie zwei Finger in den Mund und ließ ein ohrenbetäubendes Pfeifen ertönen. Sie war froh, diese Technik zu beherrschen, da sie sich im Kindergarten, wo Oksana arbeitete, des Öfteren als überaus nützlich erwiesen hatte. Ihre drei Kinder Anna, Maria und Alexander waren mit ihren 13 bzw. 11. bzw. 9 Jahren zwar schon aus dem Kindergartenalter heraus, aber das schrille Geräusch verfehlte auch bei ihnen nicht seine Wirkung. Unmittelbar beendeten nicht nur sie, sondern auch alle anderen ihr Spiel: Georgios Samaras sowie die Spanierin Emilia Koloski und ihre beiden Teenager-Söhne Ricardo (17) und Ruben (16).

Als sich alle von ihrem Computerspiel abgewandt hatten, bemerkte Oksana: „Schaut mal! Wir sind nicht mehr alleine!"

„Oh! Noch mehr Leute!", stellte ihr Mann Georgios Samaras erfreut fest.

Elena aber sah weniger die Familien als das, womit sie sich gerade beschäftigt hatten: „Wie schön, dass man sich hier auch amüsieren kann!"
Ihr Blick fiel auf Ricardo, wo er für einige Sekunden interessiert verweilte. Sie konnte nicht leugnen, dass sein braungebrannter, athletischer Körper, der von einem Tanktop nur knapp bedeckt wurde, völlig ohne Reiz für sie gewesen wäre. Durch Elenas Aufmerksamkeit ermuntert, entgegnete er:
„Wir spielen hier nicht, um uns zu amüsieren. Zumindest nicht nur. Habe ich nicht Recht, Frau Samaras?"
„Richtig, Ricardo. Dieses Spiel erfüllt die Funktion, das Zusammengehörigkeitsgefühl in dieser neuen Gemeinschaft zu stärken. Aus dem Grund bestehen die beiden Mannschaften jeweils aus zwei Mitgliedern aus zwei verschiedenen Familien."
„Das finde ich sehr lobenswert", erkannte Udo an.
„Ich hoffe, Sie nehmen uns in Ihre Gemeinschaft auf. Und mit 'uns' meine ich die Familien Sindermann und Sharma."
Dann stellte er seine Familie und die Sharmas vor.
„Sie alle sind herzlich willkommen!", erklärte Oksana Samaras und fügte dann mit trauriger Stimme hinzu. „Leider kann ich Ihnen das nicht als Gastgeberin sagen, sondern bloß als Person, die unter mysteriösen Umständen hier gelandet ist. Wir, die Familie Samaras und die Familie Koloski, wissen nicht, von wem und wie wir hierher gebracht wurden."
„Genauso geht es uns", bemerkte Ashanti Sharma niedergeschlagen.
„Konnten Sie irgendwelche Geräte entdecken, die uns Kontakt zur Außenwelt ermöglichen?", wollte ihr Mann von den Samaras wissen.
„Leider nein", gab Georgios Samaras zurück.

„Oh je", seufzte Ulima Sindermann. „Das bedeutet dann wohl, dass wir auf uns allein gestellt sind."
„Wir sind ZUSAMMEN allein!", korrigierte sie Herr Samaras, der an einem Berliner Gymnasium Geschichte und Politik unterrichtete. „Und mit WIR meine ich die Familien Samaras, Koloski, Sindermann und Sharma."
Jetzt klingelte es bei Udo. All diese Namen hatte er tatsächlich schon einmal in einem Zusammenhang gelesen. Er wunderte sich, ob er der einzige war, dem dies aufgefallen war. In den Gesichtern der anderen konnte er jedenfalls nichts erkennen.
„Aber wir sind noch nicht vollständig. Denn es gibt da auch noch unseren Vater", meldete sich Ricardos jüngerer Bruder Ruben zu Wort. Er unterschied sich von seinem großen Bruder äußerlich nur darin, dass er weniger muskulös und weniger hochgewachsen war, wobei seine 178 cm immer noch ausreichten, um Elena recht deutlich zu überragen.
„Hey Papa! Kommst du mal raus aus deinem Spielzimmer!"
Elenas Blick folgte dem von Ruben, der ungeduldig auf die Tür gegenüber den beiden großen Bildschirmen schaute. „Noch ein Spielzimmer?", fragte sich Elena. Aber wieso war er dort alleine?
Dann öffnete sich die Tür und ein hochgewachsener Mann mit breiten Schultern, kurzem, dunklem Haar und 3-Tage-Bart kam heraus. In seinen Augen funkelte die ungestillte Lust auf Herausforderungen. Es war, als ob sie sagen wollten: „Wer will es mit uns aufnehmen?"
Sein Ton war forsch, aber nicht unfreundlich: „Gestatten, Lukas Koloski. Maschinenbauingenieur. Aber Freunde und Mitgefangene nennen mich Klint."

Elena musterte den großen, muskulösen Mann. Wenn es nach ihr gehen würde, hätte Lukas Koloski allerdings einen anderen Spitznamen: Koloski, der Koloss.
„Es freut uns, Sie kennenzulernen", antwortete Dr. Sindermann im Namen seiner Familie. „Was ist das für ein seltsamer, kleiner Nebenraum, in dem Sie gerade waren, Klint?"
„Dieser seltsame kleine Nebenraum, wie Sie es nennen, ist gewissermaßen das Herz und die Lunge dieses Unterwasserbiotops. Ohne diesen Raum wären wir schon sehr bald alle tot."
Er machte eine Pause, um seine Worte wirken zu lassen. Offenbar hatte er einen Hang zur Dramatik. Dann ergänzte er mit dem Selbstbewusstsein eines überlegenen Alpha-Menschen. „Aber ich werde mich schon darum kümmern, dass diese faszinierende, kleine Apparatur da drinnen am Laufen bleibt."
Klint Koloski hoffte, dass man ihm nicht angemerkt hatte, dass seine lässige Zuversicht bloß gespielt war. In Wirklichkeit fühlte er sich der komplexen Maschine nämlich deutlich unterlegen. Obwohl er sich fast eine Stunde mit den Geräten in dem Raum beschäftigt hatte, wusste er noch immer nicht, wie sie genau funktionierten. Daher konnte er nur beten, dass sie nicht ausfallen würden.
„Was halten Sie davon, wenn wir uns erst einmal in dem großen, bestuhlten Saal versammeln, um uns gegenseitig besser kennenzulernen?", schlug Udo Sindermann vor. „Außerdem gibt es eine Sache, die unbedingt angesprochen werden muss. Da könnte es von Vorteil sein, wenn man Stühle hat, auf die man sich notfalls setzen könnte. Es ist nämlich denkbar, dass die Neuigkeiten den einen oder anderen umhauen werden."

„Worum geht es denn, Paps?", fragte Andreas.
„Es geht um die Frage aller Fragen: Warum sind wir hier?"
„Aber das wird jetzt keiner von deinen philosophischen Vorträgen, oder?", vergewisserte sich Elena.
„Nein. Denn mit 'hier' ist nicht unser Planet gemeint, sondern dieser merkwürdige Ort."

Kapitel 4: Down under

„Wählen Sie eine Pille, Herr Brandenhöfer! Die blaue oder die grüne Pille?"
„Ich brauche eine Pille? Aber ich bin doch gar nicht krank", scherzte Ludwig Brandenhöfer, der von Deutschland nach Australien geflogen war, um ein Interview zu führen. Zu dieser Reise gehörte eine Autofahrt, die er mit zwei Einheimischen unternahm. Die beiden Australier sollten ihn an sein gut verstecktes Ziel bringen.
„Wenn Sie sich nicht bald entscheiden, mein lieber Zeitungsfritze, dann werden sie es gleich sein!", drohte ihm der Mann neben ihm, womit er sich als Apotheker quasi disqualifiziert hatte. Als medizinischer Berater war er auch gar nicht angestellt worden, sondern eher als eine Art Fahrtbegleiter. Er sollte dafür sorgen, dass sein Insasse sicher dort ankam, wo er ankommen sollte, und mögliche Hindernisse beseitigen, notfalls mit Gewalt. Dass er davor nicht zurückschreckte, war dem neutralen Beobachter schon nach

einem flüchtigen Blick auf diesen finster dreinblickenden Riesen klar. Daryl war ein Mann wie eine Eiche: groß, stämmig und stabil. Zuverlässig und standhaft war er allerdings nur körperlich. Aufgrund seines hitzigen Temperaments verlor der launenhafte Mann schnell und oft die Kontrolle über sich. Dieser Mangel an Selbstbeherrschung hatte schon mehrmals fatale Folgen für seine Umwelt, da Daryl immer eine Pistole bei sich trug.
„Gestatten Sie mir noch eine Frage?"
Daryl schaute den Reporter nur grimmig an.
„Lass ihn ruhig fragen, Daryl!", schaltete sich der Fahrer ein. „Herr Brandenhöfer, ich nehme an, Sie wollen wissen, um was für Pillen es sich handelt."
„Ja, genau."
„Ich werde es Ihnen gerne erklären: Die blaue Pille steht für all die üblen Machenschaften des Menschen und die grüne Pille steht für die Wahrheit."
Ludwig überlegte nicht lange, sondern antwortete prompt:
„Als Journalist habe ich mich der Wahrheit verschrieben. Daher fällt meine Wahl selbstverständlich auf die grüne Pille."
„Eine gute Wahl, Herr Brandenhöfer", antwortete der Mann am Lenkrad zufrieden. Sein Name war Jason, doch er wurde von seinen Freunden und Kollegen gewöhnlich mit seinem Spitznamen Phil angeredet. Diesen Namen verdankte er dem Umstand, dass er ein großer Fan klassischer Musik im Allgmeinen und des Royal Philharmonic Orchestra im Speziellen war. Er liebte das Autofahren, weil er dabei seine geliebte Musik so laut hören konnte, wie er wollte. Aus Rücksicht auf Ludwig hörte er heute eine seiner Lieblingsopern, „Orpheus und Eurydike", deutlich gedämpfter

als gewöhnlich. Für seine kleine Unterweisung bezüglich der Pillen hatte er die Musik sogar gänzlich unterbrochen. Daryls Proteste gegen die Musik hatte Phil stets mit dem Argument 'Wer fährt, bestimmt' abgewehrt. Im Laufe der Zeit hatte sich Daryl schließlich so sehr an die Musik gewöhnt, dass er sie akustisch ausblenden konnte.

„Einen Teil der Wahrheit müssen wir Ihnen allerdings vorenthalten, und damit meine ich den Aufenthaltsort unserer Zentrale, der unbedingt geheim bleiben muss. Deshalb ist in der grünen Pille ein Medikament, das Sie während der Fahrt dorthin schlafen lässt."

„Ich nehme an, dass es sich bei der Pille um ein rein biologisches Produkt handelt."

„Natürlich! Unser Chef achtet darauf, dass wir die Umwelt nicht unnötig belasten."

„Und wieso sitzen wir dann nicht in einem Elektro-Auto, sondern in diesem stinkenden SUV?"

„Das ist Tarnung. Niemand erwartet von Umweltaktivisten, dass sie einen SUV fahren. Und wir wollen nicht auffallen, nicht bevor der große Tag gekommen ist", klärte Phil seinen Fahrgast auf. „Außerdem haben unsere Ingenieure bei diesem Auto eine Technik benutzt, die fast keine Schadstoffe ausstößt."

In Wahrheit gab es noch einen weiteren Grund, der viel schwerer wog: Phil liebte das Fahren in einem SUV, was er allerdings niemals zugegeben hätte bzw. zugeben durfte. Es passte einfach nicht zur Philosophie der Gruppe.

Nach diesem Gespräch widmete Phil seine ungeteilte Aufmerksamkeit wieder dem Autofahren. Angesichts der holprigen und schwer erkennbaren Straßen im australischen Outback war höchste Konzentration auch dringend erforderlich. Nachdem Ludwig kurz darauf die grüne Pille geschluckt hatte und ins Land der Träume reiste, steuerten Daryl und Phil bei angenehmen 15 Grad Celsius das größte Heiligtum der australischen 'Traumzeit' an: den Ayers Rock. Dieser monumentale Inselberg in der zentralaustralischen Wüste lockte jährlich unzählige Touristen an. Doch Daryl und Phil gehörten nicht dazu. Sie wollten auch nicht direkt zu dieser Touristenattraktion, sondern zu einem Ort, der etwa 5 Kilometer von Ayers Rock entfernt war. Dieser Ort war gut verborgen, und zwar tief unter der Erde.

„Ich hasse diese endlosen Fahrten irgendwo im Nirgendwo", beschwerte sich Daryl nach etwa einer Stunde. „Wenn ich doch wenigstens ein Smartphone haben könnte! Aber nein! Die Paranoia unseres Chefs lässt es nicht zu!"

„Er ist bloß vorsichtig, Daryl!", wandte Phil ein. „Außerdem täte es dir ganz gut, wenn du mal wieder lesen würdest! Und damit meine ich nicht die Gebrauchsanleitung deiner Knarre."

Daryl knurrte missmutig. „Lesen? Dann schlaf ich lieber!"

Schon legte er seinen beigen Cowboyhut auf sein Gesicht und verstummte.

Auch Phil schwieg. Als Gesprächspartner betrachtete er Daryl ohnehin nicht als die beste Wahl. Sie hatten zwar den gleichen beruflichen Hintergrund, denn beide waren ausgebildete Landschaftsgärtner, und beide hatten erkannt, dass ihnen dieser Beruf keine Erfüllung verschaffen konnte. Aber von dieser gemeinsamen Ausbildung blieb nur eines übrig, was sie auch jetzt noch verband: die bedingungslose Wertschätzung der Natur.

Eine Stunde später bremste Phil plötzlich. Daryl schreckte auf und schaute verwirrt durchs Fenster: „Was ist los? Sind wir etwa schon da?"
„Nein. Leider nicht. Die Polizei hat uns aufgefordert anzuhalten."
„Und du braver Bürger hast das natürlich getan! Bravo!", wütetete Daryl. „Oh Mann! Hättest du ihn nicht abschütteln können?"
„Wieso? Wir haben doch ..." Phil beendete seinen Satz nicht, da er im Rückspiegel bemerkt hatte, dass sich ein Polizist der Fahrertür näherte und sich schon fast in Hörweite befand. Von weitem sah er den Polizeiwagen, gegen den sich ein zweiter Polizist lehnte.
„Guten Tag. Würden Sie und die Insassen Ihres Autos bitte einmal aussteigen?", fragte der Polizist höflich, nachdem er die Fahrertür erreicht und Phil die Fensterscheibe heruntergelassen hatte.
„Gerne, Officer", antwortete Phil freundlich, öffnete die Tür, erhob sich vom Fahrersitz und stand im nächsten Moment neben seinem SUV.
„Die Insassen bitte auch!", befahl der Uniformierte.
„Oh, muss das sein? Die schlafen gerade. Sie sind gerade aus Deutschland angekommen und haben nun einen Jetlag."
„Die Insassen bitte auch!", wiederholte der Polizist deutlich bestimmter.
„Okay", gab Phil nach. „Aber ich muss Sie warnen, Officer. Mein Kumpel kann ganz schön aufbrausend sein, wenn man ihm seinen Mittagsschlaf raubt."
Doch der Beamte ließ sich nicht erweichen: „Er soll bitte aussteigen!"
„Na gut", willigte Phil ein, steckte seinen Kopf durch das geöffnete Autofenster und rief: „Daryl, kannst du dein Schläfchen mal kurz unterbrechen? Hier draußen

will dich ein Polizist sehen. Und der Polizist, der neben dem Polizeiwagen steht, will dies vielleicht auch."
Von innen vernahm man ein Murren und ein Grummeln. Aufreizend langsam öffnete sich die Autotür, hinter deren getönter Scheibe der Mitreisende unsichtbar blieb. Als der Polizist dann Daryls Knarre sah, war es schon zu spät für ihn. Blitzschnell bohrte sich eine Kugel durch sein Gehirn, bevor es irgendeine Gefahr hätte realisieren können. Noch ehe der tote Körper des Polizisten auf die sandige Straße aufschlug, sprang Daryl auf und feuerte ein zweites Mal. Und wieder sank ein Mensch nieder. Es war der zweite Polizist. Er hatte die gleiche tödliche Verletzung wie sein Kollege.
„Musste das sein, Daryl? Kann ich nicht *einmal* eine Strecke mit dir fahren, ohne dass jemand sein Leben verliert?"
„Hey, was willst du denn, Phil? Immerhin habe ich es kurz und schmerzlos gemacht. Genau wie bei den Rindern auf unserer Farm. Ich mag es einfach nicht, Lebewesen leiden zu sehen."
„Du bist zu gütig, Daryl", witzelte Phil.
„Du hast es erkannt", bestätigte Daryl. „Darf ich also nun weiterschlafen?"
„Es sei dir gegönnt."

Doch nach einer weiteren Stunde weckte Phil seinen Kumpel ein zweites Mal.
„Was ist denn jetzt los? Haben wir schon wieder Polizistenbefall?", fauchte Daryl.
„Nein. Wenn mein Navigationsgerät keinen Sonnenstich bekommen hat, dann haben wir unser Ziel erreicht", erklärte Phil und stieg aus.

„Aber ich kann draußen nichts erkennen", klagte Daryl, der Phil kurz darauf nach draußen folgte. „Wo zum Teufel ist bloß der Eingang?"
Daryl schaute sich um. Er war umgeben von Sand und Gestrüpp und noch mehr Sand. „Es sieht so aus, als wären wir immer noch mitten im Nirgendwo."
„Ja, wenn man nur grob hinschaut. Aber wir sollen genau hinsehen, lautet die Anweisung. Dann werden wir angeblich einen faustgroßen grünen Stein finden."
„Den hat der Wind bestimmt mit Sand bedeckt. Dann können wir lange danach suchen. Verdammt!"
„Das ist ja seltsam. Wenn es ums Schießen geht, kannst du besser sehen als ein Adler, aber wenn ..."
Doch weiter kam Phil nicht. Sein Kumpel Daryl war nämlich gerade über etwas gestolpert und landete im weichen Wüstensand von Australien.
„Verdammt!", fluchte er. „Was zum Teufel...!"
„Daryl! Du hast ihn gefunden!", freute sich Phil und dachte sich heimlich: Der Revolverheld ist ja doch für etwas gut. „Jetzt können wir unsere 'Fracht' endlich abladen."
Aber Daryl konnte auch die Entdeckung des Steines, der einen Zugang zu ihrem Bestimmungsort ermöglichen sollte, nicht sonderlich erheitern. Während er sich mühsam aus dem Staub erhob, schimpfte er: „Warum musste der Chef seine Zentrale auch ausgerechnet in diese Einöde setzen lassen?"
„Weil sich in dieser Einöde der Inbegriff an Heiligkeit befindet: Uluru, oder auch Ayers Rock genannt", antwortete Phil, während er den Gegenstand, der seinen Kumpel zu Fall gebracht hatte, vorsichtig abwischte. Dabei offenbarte sich eine kleine Tastatur mit 9 Ziffern. Ohne lange zu überlegen, tippte er die Zahlen 2-7-3 ein. Man hatte ihm kurz vor der Reise wissen las-

sen, dass der Code, der ihm Zugang zur Zentrale verschaffen würde, aus drei Zahlen bestehen und sein eigenes Geburtsdatum sein würde. Er war am 27. März geboren.
Kurz darauf hörte er ein Summen, das sich langsam zu einem Dröhnen steigerte. Blitzschnell lokalisierte er die Quelle des Geräusches. Sie war etwa 50 Meter von ihm entfernt. Trabend näherte er sich ihr. Daryl folgte ihm. Wenige Sekunden später beobachteten sie, wie sich mitten in der Wüste die Erde auftat. Vor ihnen entstand ein Loch, das etwa so groß wie der Strafraum eines Fußballfeldes war. In dieses Loch führte eine Rampe, die es ermöglichte, ein Auto herunterfahren zu lassen. Als Phil dies realisierte, eilte er zurück zu seinem SUV. Er war gewillt, die Einladung der Erde anzunehmen.
Wenige Minuten später fuhren die beiden Australier mit ihrem betäubten Gast aus Deutschland durch einen Tunnel unter der australischen Wüste. Nach etwa zwei Kilometern kamen sie an ein Tor, das sie zu einem Halt zwang. Doch sie mussten nicht lange warten, bis sie ihre Fahrt fortsetzen konnten. Kaum hatte Phil den Motor abgestellt, öffnete sich das Tor und ließ einen großflächigen Parkplatz erkennen. Dann erschienen vier Männer mit einer Bahre.
„Von hier an übernehmen wir", informierte einer von ihnen die Neuankömmlinge mit der Sachlichkeit eines Finanzbeamten. „Sie können Ihr Auto dort drüben tanken. Sie selbst können unsere Kantine benutzen. Folgen Sie der Beschilderung! Auf Wiedersehen!"
Dann zerrte die eine Hälfte des Begrüßungskomitees Ludwig aus dem Auto, während die andere Hälfte die Bahre trug, auf die der Deutsche kurz darauf gehievt worden war. Nachdem der Reporter auf der Bahre fi-

xiert worden war, eilten die vier Leute mit Ludwig fort. Das ging alles so schnell, dass Daryl ein wenig brauchte, um die richtigen Worte zu finden, um seine Eindrücke zu beschreiben: „Was zum Teufel war das?"
„Was hast du erwartet, Daryl? Einen Blumenstrauß zum Empfang? Menschliche Wärme? Du kennst doch das Motto unserer Organisation: The planet's precious, not the people. Der Planet ist kostbar, nicht seine menschliche Bevölkerung."
Während Daryl und Phil den Anweisungen ihrer Kollegen folgten, hatte Ludwig seinen Bestimmungsort erreicht. Dort verpasste man ihm eine Spritze, um sein Aufwachen zu beschleunigen. Der Chef war nämlich bereits auf dem Weg zu ihm und den Chef ließ man nicht gerne warten.
Ludwig erwachte genau in dem Moment, wo sich die Tür öffnete und ein langer, schlanker Europäer hereintrat.
„Wo bin ich?", fragte der Reporter, der gegen seine Benommenheit ankämpfte. Mühsam öffnete er seine Augen, richtete sich auf und schaute sich um. Er befand sich in einem äußerst sparsam möblierten weißgestrichenen Raum. Ein einfaches Bett, ein hölzerner Stuhl und ein Tisch, auf dem ein paar unbeschriftete Blätter lagen.
„Ich grüße Sie, Herr Brandenhöfer. Mein Name ist Jörg Jäger. Ich bin der Gründer von Greenatac, in dessen Herzen Sie sich gerade befinden. Gerne beantworte ich Ihnen weitere Fragen, denn dafür sind Sie ja den weiten Weg gereist."
„Ähm, danke, Herr Jäger", erwiderte Ludwig. „Irgendwie hatte ich mir unser Treffen in einer anderen Umgebung vorgestellt. In einer grüneren."

„Es tut mir leid, dass ich Ihnen keine fünfzig Schattierungen von Grün präsentieren kann. Dabei gehört das Gedicht 'Christian Prey' zu meinen absoluten Favoriten. Dann begann Herr Jäger das genannte Werk zu zitieren:

„Are you stupid or insane
to make her feel such pain?
Do you think you're brave
to treat her like a slave?

Don't you know what she is worth?
She's not a whore, she's Mother Earth!
Why don't you keep this Lady clean
with all her fifty shades of green?"

[Bist du dumm oder verrückt,
ihr solche Schmerzen zuzufügen?
Glaubst du, dass du mutig bist,
sie wie eine Sklavin zu behandeln?

Weißt du nicht, was sie wert ist?
Sie ist keine Hure. Sie ist Mutter Erde!
Warum hältst du diese Lady nicht sauber
mit all ihren 50 Schattierungen von Grün?]

Ludwig nutzte den Vortrag von Herrn Jäger, um seine Gedanken zu ordnen. Nach einer kurzen Pause wusste er, welche Frage er seinen Gastgeber als erstes stellen musste:
„Entspricht der Inhalt dieses Gedichts Ihrer Ansicht über den Menschen, der hier als brutaler Vergewaltiger der misshandelten Erde dargestellt wird?"

„Durchaus. Der Mensch ist ein Verbrecher, ein Sünder, der sich an seiner unschuldigen Mutter vergeht. Sehen Sie sich nur das Great Barrier Reef an! Es war einmal ein riesiges Paradies, das Millionen von Tieren ein Zuhause bot. Nun ist es nur noch ein Schatten seiner selbst. Den Namen 'great' verdient es schon lange nicht mehr. Und die Schuld daran trägt allein der Mensch und seine grenzenlose Gier."
„Aber rechtfertigt dieses kollektive Vergehen die Ermordung einzelner Menschen?"
„Nun ja, irgendjemand muss der Menschheit zeigen, dass sie so nicht weiter machen kann. Und Demonstrationen reichen meiner Meinung nach nicht mehr aus. Man benötigt weitaus drastischere Methoden, um den Menschen die Augen zu öffnen. Deshalb habe ich Greenatac ins Leben gerufen."
„Glauben Sie wirklich, Sie können durch ein paar willkürliche Morde etwas bewirken?"
„Erstens waren diese Morde nicht willkürlich. Sie waren ein Zeichen, ein Statement: Die Zeit für Toleranz ist abgelaufen. Nun schlagen wir zurück. Zweitens waren diese bedauernswerten Opfer erst der Anfang eines längeren, globalen Krieges, den Greenatac schließlich gewinnen wird."
„Wie bitte? Wollen Sie damit sagen, dass Sie der Menschheit den Krieg erklären wollen?"
„Richtig."
„Überschätzen Sie sich da nicht ein wenig?"
„Nein. Ich glaube eher, Sie unterschätzen Greenatac. Sie mögen vielleicht erst vor ein paar Monaten zum ersten Mal von uns gehört haben, aber wir sind schon viel länger aktiv. Ich habe ein weltweites Netzwerk an loyalen Verbündeten aufgebaut. Und diese Alliierten sind allesamt Fachleute auf ihrem Gebiet. Doch der

größte Experte arbeitet hier mit mir in dieser Zentrale. Ein wahres Genie, der die Welt noch zum Staunen bringen wird. Allerdings wird das Staunen mit einem bösen Erwachen verbunden sein."

Ludwig schwieg. Das, was er gerade gehört hatte, musste er erst einmal verdauen. Arbeitete dieser Jörg Jäger etwa an einer globalen Revolution? Aber das konnte doch nicht sein! Ein Privatmann, auch wenn er noch so mächtig und reich war, konnte doch nicht den Status Quo der ganzen Welt umstürzen? Oder doch? Der Reporter suchte nach einem Weg, Herrn Jäger seine Pläne auszureden. „Aber die Erde ist doch für die Menschen da und nicht umgekehrt! Oder wollen Sie eine Erde ohne Menschen?"

„Ich will eine Erde MIT Menschen. Aber damit die Erde auch in Zukunft von Menschen bewohnt werden kann, müssen die Menschen der Gegenwart einstecken und Opfer bringen. Ich meine, es ist Zeit für einen Neustart. Zukünftige Generationen werden mir und Greenatac dankbar für unseren Einsatz sein."

Kapitel 5: Eiskalt erwischt

Alle Familien waren versammelt: die Sindermanns, die Sharmas, die Samaras und die Koloskis. Sie alle hatten Platz genommen, wobei sie die vorgegebene Kreisform übernommen hatten. Die Luft im Versammlungsraum knisterte vor Spannung. Elena wartete ungeduldig darauf, dass einer der Erwachsenen das

Wort ergriff, um die Jugendlichen über die unerwartete und mysteriöse Verbindung der einzelnen Familien aufzuklären. Sie setzte dabei insbesondere auf ihren eigenen Vater, da sie ihn für den Ältesten hielt, denn er hatte als einziger erkennbar graue Haare. Von ihm erwartete sie, dass er die Sitzung leiten würde. Er selbst aber war sich unsicher und schaute deshalb abwechselnd zu den anderen. Als er schließlich von Georgios Samaras ein zustimmendes Nicken bekam, stand Udo Sindermann auf, was Elena, die ihren Vater fortwährend mit fragenden Blicken bombardierte, mit Wohlwollen zur Kenntnis nahm. Udo Sindermann räusperte sich und fing dann an zu reden:
„Liebe... äh".
Wie sollte er sie nennen? Mitgefangene? Zellengenossen?
„Liebe Mitbewohner, wir alle haben viele Fragen, seitdem wir hier, äh, gelandet sind. Zur Beantwortung der folgenden Frage, die wahrscheinlich auch die wichtigste und älteste Frage der Menschheit überhaupt ist, kann ich vielleicht ein wenig beitragen: Wieso sind wir hier? Genauer gesagt, wieso sind wir in diesem merkwürdigen Unterwasser-Biotop?
Zunächst kann ich mit Sicherheit sagen, dass es sich um keinen Zufall handelt. Man sagt, Gott würfelt nicht. Dies lässt sich auch von demjenigen sagen, der für unseren Aufenthalt hier verantwortlich ist. Er hat uns ausgewählt. Und das nicht erst kurz vor unserer Reise hierher. Nein, schon vor Jahren. Im Fall meiner Familie vor etwa drei Jahren. Damals wurden wir, wie ihr euch vielleicht erinnert, Andreas und Elena, von der Ulrich-Niemann-Stiftung ausgezeichnet. Diese Stiftung zeichnet Familien aus, die in besonderem Maße für gelebte Toleranz stehen, sowohl für religi-

öse als auch für kulturelle. Die Familien Sharma, Koloski und Samaras haben diesen Preis ebenso bekommen. Nicht wahr?"
Udo schaute in die Runde. Allgemeine Zustimmung.
„Ich halte es daher für durchaus denkbar, dass uns dieser Herr Niemann hierher bringen ließ", folgerte Udo.
„Aber warum sollte uns jemand zuerst belohnen und dann einsperren?", rief seine Frau Ulima. „Das ergibt doch keinen Sinn."
„Vielleicht will er uns vor etwas beschützen", vermutete die Juristin Ashanti Sharma. „Vielleicht ist dies eine Art Schutzhaft. Vielleicht ist jemand hinter uns her."
„Oder er will uns nicht vor *jemandem* schützen, sondern vor *etwas*", mutmaßte ihr Mann Dr. Kalidas Sharma.
„Denkst du an eine Art Sintflut, Papa?", fragte ihn seine Tochter Mira.
„Dann wäre dieses Biotop eine Art Arche Noah", rief Andreas aus.
„Und wir wären dazu bestimmt, die letzten Menschen auf Erden zu sein", ergänzte seine Schwester Elena.
„Immer langsam mit den jungen Pferden!", ermahnte sie Georgios Samaras. „Wir wollen den Teufel, oder besser die Apokalypse, nicht gleich an die Wand malen. Bestimmt ist der wahre Grund für unsere Anwesenheit weitaus weniger dramatisch."
Da meldete sich Lukas 'Klint' Koloski zu Wort: „Ich finde, die Frage, wieso wir hier sind, ist nicht annähernd so wichtig, wie die Frage, wie wir wieder hinaus gelangen können. Und die Antwort ist auch viel leichter, und zwar durch die Schleuse, von der mir Frau Sharma eben berichtet hat. Wenn sich niemand anderes traut, werde ich es versuchen."

Damit erhob sich Klint von seinem Stuhl. Doch schon nach wenigen Schritten wurde er von Georgios Samaras gebremst.

„Ich lobe Ihren Mut und Ihre Entschlossenheit, lieber Klint. Aber da wir uns gerade alle hier zusammengefunden haben, sollten wir zunächst ein paar Dinge in der Gemeinschaft klären."

„Was meinen Sie damit, Herr Samaras?", fragte Klint.

„Ich meine, für den Fall, dass wir hier länger verweilen werden, brauchen wir Regeln. Wir brauchen Ordnung, eine Verfassung. Schließlich sind wir jetzt unser eigener kleiner, mehr oder weniger souveräner, Staat. Als Grieche mit Sinn für Tradition schlage ich vor, dass wir als Herrschaftsform die Demokratie wählen."

„Das halte ich für eine gute Idee, Herr Samaras", pflichtete ihm Ulima Sindermann bei.

„Ich auch", rief Ashanti Sharma.

„Okay", murmelte Klint und setzte sich wieder auf seinen Stuhl.

„Gut. Dann lassen Sie uns zunächst einen Vorsitzenden bzw. eine Vorsitzende wählen", schlug Herr Samaras vor.

„Ich bin für meine Mutter, Ashanti Sharma, denn ich kenne niemanden, die gerechter ist als sie, was ja auch kein Wunder ist. Immerhin hat sie Rechte studiert", sagte Mira.

„Ich finde", begann die 13jährige Anna Samaras, „meine Mutter wäre am geeignetsten, da sie bisher noch jeden Streit schlichten konnte. Und als Kindergärtnerin hat man mit vielen streitenden Kindern zu tun."

„Nicht nur dort", korrigierte Oksana Samaras ihre älteste Tochter. „Auch zu Hause habe ich es mit strei-

tenden Kindern zu tun, und gleich drei davon. Nicht wahr, Maria und Alexander?"
„Ich halte meinen Vater für den besten Kandidaten", meinte Andreas. „Dann gäbe es vielleicht den ersten Philosophenstaat. Platon wäre bestimmt happy."
„Danke Andreas", sagte Herr Sindermann gütig lächelnd. „Aber Platon hatte eher eine Art Philosophendiktatur als eine Demokratie im Sinn."
„Wieso wählen wir nicht unsere Mutter?", wollte Ricardo wissen. „Sie ist eine tolle Gärtnerin. Alles, was sie unter ihre Fittiche nimmt, wächst und gedeiht. Das sieht man ja auch an mir und meinem kleinen Bruder Ruben."
„Ja, ihr seid wahre Prachtkerle", spottete Elena, während sie hoffte, dass niemand ihre wahren Gedanken lesen konnte. In Wirklichkeit konnte sie sich nämlich nicht entscheiden, welchen der beiden sie süßer fand. Deswegen lenkte sie ihre Blicke stets mit großer Vorsicht mal auf den einen und mal auf den anderen Bruder.
„Wir sollten auch nicht Herrn Samaras vergessen", mahnte Ulima Sindermann. „Immerhin hat er den Anstoß gegeben."
„Und wer ist wahlberechtigt?", wollte Ruben wissen. „Dürfen wir Kinder auch wählen?"
„Ja, wenn ihr volljährig seid", antwortete Georgios Samaras.
„Verflucht. Ich werde erst nächstes Jahr 18", ärgerte sich Rubens älterer Bruder Ricardo. „Dürfen wir Kinder dann wenigstens die Wahl organisieren?"
Damit waren die Erwachsenen einverstanden. Sofort machten sich die Kinder ans Werk. Da die Anzahl der stimmberechtigten Personen ziemlich überschaubar

war, dauerte es nur wenige Minuten, bis der Wahlgewinner ermittelt war.

„Als Ältester unter den Minderjährigen verkünde ich, wer die Wahl gewonnen hat", rief Ricardo feierlich. „Mit der überwältigenden Mehrheit von drei gültigen Stimmen wurde gewählt: Herr Sindermann. Herzlichen Glückwunsch!"

Ricardo wartete auf den Philosophiedozenten, um ihm die Hand zu reichen. Danach trat Elena an ihren Vater heran. „Das hast du nur deinen grauen Schläfen zu verdanken", flüsterte sie ihm mit einem Grinsen zu. „Sie geben dir eine Aura der Weisheit."

„Oh, und ich dachte gerade, du und Andreas hättet die Wahl manipuliert, weil ihr unbedingt euren Paps als Präsidenten haben wolltet", erwiderte Udo Sindermann ebenso leise wie belustigt.

„Quatsch. Uns reichen schon die Vorträge, die du uns zu Hause hältst. Da kommt man sich manchmal so vor wie in einer Episode von 'How I met your mother'."

„Ist es wirklich so schlimm?"

Udo Sindermann setzte seine beste Unschuldsmiene auf. „Ich fürchte, eine kurze Rede müsst ihr euch noch anhören."

Dann streckte er den rechten Arm schräg nach oben, um damit zu signalisieren, dass er um Gehör bat. Doch keine zwei Sekunden später zog er ihn ruckartig wieder ein. Seine Geste hatte ihn an einen gewissen deutschen Diktator erinnert, dessen Führungsstil er unter keinen Umständen imitieren wollte. Niemand sollte denken: „Kaum hat er Macht, schon mutiert er zum Führer. Das hat man davon, wenn man einen Deutschen zum Regenten macht." Also erhob er dieses Mal beide Hände und hielt sie auf Brusthöhe. Es dauerte zwar etwas länger, bis man ihm die gewünschte Aufmerksamkeit schenkte, aber diese Wartezeit nahm er gerne in Kauf.

„Ich bedanke mich für Ihr Vertrauen, liebe Mitbewohner! Ich werde alles geben, um Ihren Glauben an mich zu rechtfertigen. Ich versichere Ihnen, ich werde mich bemühen, den besten Politikern der Menschheitsgeschichte nachzueifern, wie zum Beispiel John F. Kennedy. Sie alle kennen bestimmt seine berühmte Aufforderung: „Frag nicht, was dein Land für dich tun kann – frage, was du für dein Land tun kannst." Meine Antwort lautet: „Ich werde mich dafür einsetzen, dass in unserem kleinen 'Staat' Recht und Ordnung herrschen."

„Und *meine* Antwort lautet: Ich werde mich um unseren Garten kümmern und für leckere vegane Kost sorgen", schaltete sich Emilia Koloski ein.

„Und ich werde mir die medizinische Versorgung aller 'Mitbürger' zur Aufgabe machen", warf Dr. Kalidas Sharma ein.

„Dabei werde ich Sie unterstützen", versprach ihm Ulima Sindermann, die gelernte Krankenschwester.

„Ich werde dafür sorgen, dass unsere Kinder nicht verdummen, sondern aus der Geschichte lernen", erklärte Georgios Samaras.

„Und ich besorge mir jetzt die nötige Ausrüstung, um dieses Unterwasser-Gefängnis zu verlassen", bemerkte Klint Koloski wild entschlossen. „Auch wenn dies bedeutet, dass ich Ihnen die Gelegenheit nehme, etwas für das Wohl der Allgemeinheit zu tun."

„Aber lieber, tapferer Klint", sagte Udo Sindermann. „Ich bitte Sie von einem Alleingang abzusehen und dem Willen der Gemeinschaft zu folgen. Lassen Sie mich also zunächst fragen, wer Ihr Vorhaben unterstützt. Einverstanden, Klint?"

„Na gut."
„Ich bitte um Handzeichen, falls Sie der Meinung sind, dass Klint dieses Wagnis unternehmen sollte."
Im nächsten Moment blickte Udo Sindermann auf ein Meer von erhobenen Händen. Das Volk hatte gesprochen. Das Ergebnis war einstimmig. Nun konnte gehandelt werden und zwar einträchtig. Und so verließen sie geschlossen den Versammlungsraum, durchquerten geschlossen die Küche und erreichten anschließend den Vorratsraum, wo sie die für einen Tauchgang nötige Ausrüstung vermuteten. Dabei schaute Klint Koloski immer wieder verunsichert nach rechts und nach links. Dieso Eskorte war ihm nicht ganz geheuer. Man hätte doch nicht gleich solch eine Staatsaffäre daraus machen müssen. So etwas war er nicht gewohnt. Zu Hause in seiner KFZ-Werkstatt war er stets ein Einzelkämpfer. Seine Gegner hießen Altöl und Verschleiß. Der ideale Lohn seiner Arbeit war ein fahrtüchtiges Auto. Hier und jetzt aber stand viel mehr auf dem Spiel. Es war eine Gemeinschaft, die hinter ihm stand und ihr Schicksal in seine Hände legte. Bei diesem Gedanken verspürte er ein seltsames Kribbeln. Ein solches Maß an Verantwortung hatte er bisher noch nicht getragen. Aufregung und Nervosität klopften bei ihm an. Dieses Gefühl konnte er auch nicht verscheuchen, indem er sich bewusst machte, dass er ein erfahrener Taucher war. Dazu gesellte sich ermutigender Stolz. Ihn entdeckte er nicht nur in sich selbst, sondern auch wenn er in die Gesichter seiner Söhne sah. Für sie konnte er hier und jetzt zum Helden werden.
„Hier ist ein Taucheranzug", freute sich Ashanti Sharma. „Ich hoffe, er ist Ihnen nicht zu klein, Klint- bei *Ihrer* Größe."

„Der wird schon passen. Solche Anzüge sind sehr dehnbar", beruhigte er Ashanti und nahm das Kleidungsstück entgegen. „Hat jemand zufällig eine Sauerstoffflasche gesehen?"
Sofort intensivierten alle ihre Suchbemühungen. Doch trotz aller Anstrengungen konnte niemand den Fund einer Sauerstoffflasche vermelden. Mehr als eine Taucherbrille, eine Taucherlampe und Schwimmflossen tauchten nicht auf.
„Dann wird es leider bloß ein kurzer Tauchgang werden", stellte Klint Koloski ernüchtert fest. „Ich hoffe, wir sind nicht allzu tief unter der Meeresoberfläche." Alle anderen im Raum teilten seine Hoffnung, denn wie es aussah, hing ihre Rettung von der Tiefe ihres unfreiwilligen Zuhauses ab. Doch niemand sprach es aus. Diejenigen, die religiös waren, beteten schweigend. Klint aber konzentrierte sich auf seine bevorstehende Aufgabe. Als sich alle vor der Schleuse versammelt hatten, wünschten sie ihm viel Glück und sahen dann zu, wir Klint in Tauchermontur das erste Schleusentor passierte. Wenige Sekunden später signalisierte er mit seinem Daumen, dass er bereit war, sich der Flut zu stellen. Diese überschwemmte ihn sogleich und füllte den Raum augenblicklich mit eiskaltem Meereswasser. Lukas Kokoloski erschauderte. Er war zwar schon einige Male im Atlantik tauchen, aber solch eine Kälte hatte er noch nicht erlebt. „Ich darf mich davon nicht von meinem Plan abbringen lassen!", ermahnte er sich selbst. Er hatte sich fest vorgenommen, sich mindestens 20 Meter nach oben treiben zu lassen. Da er sich des Zeitmangels bewusst war, verschwendete er keinen weiteren Gedanken an die niedrige Temperatur, sondern sah zu, dass er höher stieg. Und so tauchte er im nächsten Moment durch

stockfinsteres Meerwasser. Während er zügig nach oben trieb, griff er nach seiner Taschenlampe, um sie anzuschalten. Doch bevor ihm dies gelang, stieß er mit dem Kopf gegen etwas Hartes. „Was war denn das?", fragte er sich. Doch es war keine Zeit für Spekulationen. Blitzschnell griff er nach seiner Lampe, die er bei dem Aufprall losgelassen hatte. Zum Glück aber war sie an seinem Handgelenk befestigt, sodass er sie gleich anschalten konnte. „Nein, das glaube ich jetzt nicht! Das muss ich den anderen erzählen!"
Er nutzte die harte Fläche, um sich mit den Füßen von dort abzustoßen, um schneller heruntergleiten zu können. Ihm war bewusst, dass er jeden Vorteil nutzen musste, um Zeit zu gewinnen, denn er merkte, dass es ihm immer schwerer fiel, die Luft anzuhalten. Er gelangte immer näher an sein Limit. Erleichtert erreichte er wenige Sekunden später das äußere Schleusentor, das ihn sogleich hineinließ. Kaum war er vollständig im Schleusenraum, fuhr das äußere Tor herunter. Das Wasser im Raum floss ab. Er bekam wieder Luft, die er gierig verschlang. Das war knapp. Viel länger hätte er es nicht ausgehalten. Aber obwohl ihm nur knapp eine Minute zur Verfügung stand, hatte er eine wichtige Erkenntnis gewonnen. Diese wollte er nun mit seinen Mitbewohnern teilen. Nachdem auch das innere Schleusentor geöffnet war, schaute er teils in besorgte und teils in neugierige Gesichter.
„Wie war es, Paps? Hast du die Meeresoberfläche erreicht?", wollte sein Ältester wissen.
„Nein, Ricardo. Das habe ich nicht", antwortete sein Vater kurzatmig. „Aber etwas anderes."
„Du hast etwas anderes erreicht?" Ricardo wurde ungeduldig. „Was war es denn?"
„Eis. Eine dicke Eisschicht."

Kapitel 6: Wahrheit oder Pflicht

Die Nachricht von der Eisdecke hatte alle gewissermaßen eiskalt erwischt. Doch je mehr man sich der Bedeutung dieser Entdeckung bewusst wurde, desto heißer wurden die Debatten. In seiner Funktion als Vorsitzender schlug Udo Sindermann vor, diese Neuigkeiten im Versammlungsraum zu besprechen, und zwar „gemeinsam, geordnet und gefasst". Nachdem sich dort alle eingefunden hatten, eröffnete er die Konferenz:
„Liebe Mitbürger, wir alle sind schockiert über diese Hiobsbotschaft, die wir soeben erhalten haben. Aber sollten wir deshalb in Panik verfallen? Zwar ist uns eine Option genommen worden, nämlich die, uns selbst zu retten, aber wir dürfen nicht vergessen, dass es noch andere gibt. Wir sollten nicht die Hoffnung über Bord werfen, dass wir gerettet werden. Diese Hoffnung ist umso lebendiger, wenn man sich folgendes klar macht: Jemand, der solch ein komplexes Gebäude erbauen ließ, wird dieses nicht einfach aufgeben und abschreiben. Genauso sollten wir *uns* nicht aufgeben. Wir müssen an unsere Rettung glauben. Und diesen Glauben dürfen wir nicht verlieren, auch nicht nach einer längeren Zeit des Wartens. Man wird uns retten. Davon bin ich überzeugt."
Dann setzte sich Udo Sindermann – in Erwartung irgendwelcher Reaktionen seitens der Zuhörerschaft. Nach einem kurzen Schweigen erhob sich Georgios Samaras. „Ich stimme Ihnen zu, Herr Sindermann. Die

Lage ist ernst, aber nicht hoffnungslos. Um sie erfolgreich zu meistern, müssen wir vor allem einen kühlen Kopf bewahren. Uns Erwachsenen dürfte dies noch am ehesten gelingen.
Aber was ist mit unseren Kindern? Sie haben keine Erfahrung mit der Bewältigung von Krisensituationen. Vielleicht erinnern Sie sich, dass ich mich bereit erklärt hatte, den jungen Leuten hier als Lehrer zu dienen. Ich denke, nun ist die Zeit gekommen, meinen Worten Taten folgen zu lassen. Liebe Kinder und Jugendliche, ich lade euch herzlich ein zur ersten Schulstunde an diesem 'domicilium arcticum', diesem arktischen Wohnsitz. Das Thema der heutigen Stunde lautet 'Gestrandet'. Unterrichtsbeginn ist in einer halben Stunde in der Bibliothek. Bitte bringt Stühle mit!"
Dieser Vorschlag stieß im Plenum auf ein geteiltes Echo. Bei den Erwachsenen traf er auf Zustimmung, während die schulpflichtigen Bewohner des 'domicilium arcticums' weitaus weniger begeistert davon waren. Seine Entschuldigung 'er sei halt Lehrer – er könne nicht anders' fiel auf manch taubes Ohr. Man hatte doch eine Urlaubsreise gebucht! Es waren Ferien! Faulenzen und Spiele waren angesagt. Und nun verlangte man, dass man seine Zeit mit Unterricht verbringt! Das fanden einige der Jugendlichen mehr als ätzend. Aber nicht Andreas.
„Ich finde, wir sollten da mitmachen", empfahl er den anderen. „Vielleicht können wir etwas lernen, was uns hilft, mit dieser Situation fertig zu werden."
„Wie alt bist du, Mann?", schimpfte Ricardo. „Hast du es immer noch nicht mitbekommen? Wir lernen für die Schule, nicht fürs Leben."
„Du hast den Spruch verkehrt wiedergegeben", korrigierte Andreas ihn. „Es heißt 'Non scholae, sed vitae

discimus.' Nicht für die Schule, sondern fürs Leben lernen wir."
„Erzähl das deinen Streberkameraden, du Klugscheißer!"
Andreas überhörte Ricardos Pöbelei. Unbeeindruckt wandte er sich den anderen zu: „Wer kommt mit?"
Fast gleichzeitig meldeten sich Elena und Mira. Nach und nach erklärten sich auch Anna, Maria und Alexander bereit, sich Andreas anzuschließen. Schließlich gab es nur noch Ricardos jüngeren Bruder Ruben, der anscheinend Schwierigkeiten hatte, sich zu entscheiden. Unsicher schaute er zu seinem Bruder, der ihn erwartungsvoll anblickte. Dann fing Ruben einen Blick von Elena auf und erklärte: „Ich komme auch mit."
Zufrieden nahm er zur Kenntnis, dass Elena seine Worte mit einem Lächeln quittierte. Durch Elenas Sympathiebekundung ermutigt, wandte sich Ruben an seinen Bruder: „Nun, komm schon, Ricardo! Sei nicht so'n sturer Bock!"

Etwa zwanzig Minuten später hatten die Kinder drei Stuhlreihen in der Bibliothek gebildet. In der ersten saßen Elena, Andreas und Mira. Dahinter hatten Anna, Maria und Alexander Platz genommen. Die Stühle in der letzten Reihe besetzten Ricardo und Ruben. Kurz darauf betrat Georgios Samaras den Raum.
„Hallo, liebe Kinder und liebe Jugendliche. Ich freue mich, dass ihr so zahlreich erschienen seid. Und das in euren Herbstferien!"
Georgios Samaras machte eine kurze Pause, während der er versuchte, in den Gesichtern der Kinder zu lesen. Mit Zufriedenheit stellte er fest, dass nur ein einziges Kind ein langes Gesicht machte: Ricardo. Dann fuhr er fort:

„Zuerst die gute Nachricht: Ich erwarte keine Hausaufgaben von euch – zumindest nicht zur nächsten Stunde. Und nun zu dieser Stunde. Wie ich euch bereits gesagt habe, geht es um das Thema 'Gestrandet'. Hat jemand dazu eine Frage?"
Der kleine Alexander erhob unverzüglich seinen Arm.
„Ja, Alexander? Teil uns deine Frage mit!"
„Okay. Ich verstehe nicht, wieso es 'gestrandet' heißt. Hier ist doch nirgends Strand!"
„Darf ich darauf antworten?", fragte Elena ihren Lehrer.
„Ja, gerne, Elena. Nur zu!"
„Lieber Alexander, du hast Recht, dass hier weit und breit kein Strand ist. Mit dem Wort 'gestrandet' will Herr Samaras auf eine ganz besondere Geschichte anspielen, und zwar auf die von Robinson Crusoe, der sich in einer ähnlichen Situation wie der unseren befand. Andreas, willst du weitermachen?"
„Ja klar, Schwesterherz. Robinson Crusoe ist, genau wie wir, durch einen Zufall unfreiwillig an einem Ort gelandet, von dem er nicht fliehen konnte. Doch er hat sein Schicksal angenommen und das Beste daraus gemacht."
„Danke, Elena und Andreas", schaltete sich Georgios Samaras wieder ein. „Soviel zu den Gemeinsamkeiten. Erkennt ihr aber auch die Unterschiede?"
„Ja, ich weiß es!", rief Mira mit erhobenem Arm. „Er war ganz alleine, zumindest bis Freitag kam."
„Richtig, Mira", bestätigte Georgios Samaras. „Wir haben also den großen Vorteil, dass wir *uns* haben, dass wir unsere Familien haben, also die Leute, die *wir* lieben und die *uns* lieben."
„Und wir haben jede Menge Spiele an Bord", ergänzte Alexander triumphierend. Er freute sich, dass er als

Jüngster etwas zum Unterricht beitragen konnte. Und auf all die Spiele im Medienraum freute er sich auch.
„Außerdem müssen wir nicht mit Kannibalen rechnen", bemerkte Ruben und ergänzte dann mit einem Schmunzeln. „Es sei denn, mein Bruder mutiert zu einem. Manchmal hat er nämlich solch einen Blick, als ob er einen auffressen wollte."
Ruben drehte seinen Kopf zur Seite und betrachtete seinen Bruder, der wenig amüsiert dreinblickte. „Genau wie jetzt!"
Dann ließ sich Ruben vom Stuhl fallen und schrie theatralisch: „Bitte, Ricardo! Friss mich nicht!"
„Ruben! Bitte setz dich wieder auf deinen Stuhl!", ermahnte ihn Georgios Samaras. „Hier frisst niemand niemanden. Der Garten in der obersten Etage kann uns jahrelang mit Nahrung versorgen. Und diese Nahrung ist bei weitem vielfältiger als die von Robinson Crusoe, wenn man mal von dem Fleisch absieht. Aber um das zu bekommen, musste Robinson Crusoe große Mühen auf sich nehmen. Er musste Tiere jagen und erlegen. Das haben wir hier nicht nötig. Was für ein Fazit können wir also ziehen? Anna?"
„Wir haben es hier deutlich besser getroffen als der arme Robinson Crusoe. Mit ihm würde ich echt nicht tauschen wollen."
„Danke, Anna. Damit können wir den Unterricht für heute beenden."
Dann ließ Georgios Samaras die Kinder in der Bibliothek zurück. Kaum war er weg, schien Ricardo, der während der gesamten Unterrichtsstunde kein Wort gesagt hatte, wieder zum Leben zu erwachen.
„Ich habe eine Idee! Lasst uns doch etwas Spannendes spielen! Lasst uns 'Wahrheit oder Pflicht' spielen. Maria, du darfst anfangen!"

Maria guckte etwas erschrocken und sagte dann vorsichtig. „Aber ich habe keine Flasche zum Drehen."
„Egal! Wähle einfach jemanden aus, dem du eine Frage stellst oder von dem du eine Aufgabe einforderst! Und ihr anderen dreht bitte eure Stühle so, dass sie einen Kreis bilden!"
Diese Unterbrechung nutzte Maria, um sich eine Frage auszudenken.
„Andreas, was war das Gefährlichste, was du jemals erlebt hast?"
Andreas überlegte einen Moment. Dann wusste er eine Antwort: „Ich hatte mal einen Fahrradunfall. Dabei trug ich keinen Fahrradhelm."
„Oh, wie waghalsig!", zog ihn Ricardo auf. „Er trug nicht einmal einen Fahrradhelm, dieser Heißsporn!"
„Hast du dich schwer verletzt?", fragte ihn Mira besorgt.
„Ja, er ist auf den Kopf gefallen", antwortete Ricardo für ihn. „Das merkt man doch!"
„Nein! Ich bin auf die Seite gefallen. Mein Oberarm musste danach mit fünf Stichen genäht werden", verbesserte ihn Andreas. „Und nun zu dir, Ricardo. Was war das Gefährlichste, was du jemals erlebt hast?"
„Da muss ich nicht lange überlegen. Ich bin einmal Zeuge eines bewaffneten Banküberfalls geworden. Dabei hat einer der Bankräuber seine Waffe direkt auf mich gerichtet. Ich dachte nur, was passiert, wenn ich ihn jetzt angreife."
„Und hast du ihn angegriffen?", wollte Maria wissen.
„Nein! Ich bin doch nicht lebensmüde! Der Mann hatte eine Waffe! Er hätte mich erschießen können. Ich bin froh, dass ich es überlebt habe. Und nun freue ich mich darauf, Elena ihre Aufgabe zu geben."

Er fixierte das Mädchen mit gierigen Augen. „Elena, küsse eine andersgeschlechtliche Person in diesem Raum, und zwar auf den Mund, wenn du dich traust!"
„Mal sehen", erklärte Elena und stand auf. Dann trat sie an Ricardo heran, schaute ihm tief in die Augen und wandte sich ruckartig von ihm ab, um im nächsten Moment Alexander auf die Wange zu küssen.
„Sorry, Alexander, für einen Zungenkuss kennen wir uns noch nicht lange genug."
Nachdem sich Elena wieder hingesetzt hatte, sprach sie Mira an: „Mira, erzähle der Person gegenüber, wie toll sie ist."
Mira schaute nach vorne und stellte mit großer Zufriedenheit fest, dass Andreas die Person war, über die sie reden sollte: „Andreas, du hast die schönsten blauen Augen, in die ich je geschaut habe. Und ich mag deine Stimme, weil sie so warm und tief ist. Du bist ein toller Junge."
Andreas wurde rot. So etwas Nettes hatte er noch nie von einem Mädchen gehört. Lieber wäre es ihm aber gewesen, wenn sie es ihm unter vier Augen gesagt hätte.
„Oh, da steht jemand auf unseren kleinen Streber!", rief Ricardo aus. „Wie süß! Kennt ihr schon den Hochzeitstermin?"
„Wenn du dich weiter so mies verhältst, wirst du bestimmt keine Einladung bekommen", ermahnte ihn sein kleiner Bruder.
„Oh, wie schade. Dabei wüsste ich schon das ideale Hochzeitsgeschenk: ein Fahrradhelm."
„Sehr lustig, Ricardo", bemerkte Andreas. „Aber nun ist Mira dran."

„Okay, Andreas. Ich wähle Anna", verkündete Mira.
„Anna, welches Tier passt am besten zu dir und warum?"
„Zu mir passt am besten ein Affe, denn ich liebe es zu klettern", schwärmte Anna.
„Das kann ich bestätigen", fügte Maria hinzu. „Bei uns im Garten ist kein Baum sicher vor ihr."
„Danke, Schwester. Und nun zu dir, mein kleiner Bruder. Ich möchte, dass du auf den höchsten Baum, den es hier gibt, kletterst! Ich will mal sehen, ob du mit deiner großen Schwester mithalten kannst."
„Alles klar, Anna."
Doch Andreas hielt dies für keine gute Idee: „Du musst das nicht tun, Alexander."
„Na klar, musst du das tun" mischte sich Ricardo ein. „Wenn du ein Mann sein willst, dann musst du es tun!"
„Was wird das hier?", fragte Ruben. „Das Engelchen-Teufelchen-Spiel?"
Doch Alexander beachtete ihn nicht, sondern ging schnurstracks zur Tür. Er wollte es seiner Schwester zeigen. Sie sollte ein für alle Male erkennen, dass er kein kleiner, ängstlicher Junge mehr war. Wenig später hatte er – mit all den anderen Kindern im Schlepptau – den Garten erreicht. Zu seiner Enttäuschung musste er aber feststellen, dass der höchste Baum im Garten ein bloß vier Meter hoher Apfelbaum war. Reichte das aus? Von seiner Schwester hörte er jedenfalls keinen Einspruch, als er begann den Baum hochzuklettern. Nachdem er zwei Meter vom Erdboden entfernt war, kamen sogar Anfeuerungsrufe.
„Ja, du schaffst das, Alexander!", rief Maria. Und tatsächlich saß er kurz darauf in der Krone des Baumes und jubelte. „Ich bin der Grö..."

Doch plötzlich rutschte er ab und fiel herunter. Als Mira den Jungen schreiend auf dem Boden liegen sah, wusste sie, was zu tun war. Ihr Vater, der Doktor, musste her.

Kapitel 7: Zusammenbruch

15. September

„Es stimmt also doch: Der Axel fällt nicht weit vom Stamm", stellte Ricardo erheitert fest, als er sich am nächsten Morgen mit seinem Bruder Ruben über den vergangenen Tag unterhielt.
„Sein Name ist nicht Axel, sondern Alex, oder genauer gesagt, Alexander", korrigierte ihn Ruben. „Was dich angeht, mein lieber Bruder, bin ich mir nicht sicher, ob du dich nach dem gestrigen Tag über andere Leute lustig machen solltest. Alexanders Sturz aus der Baumkrone war ja auch für dich nicht gerade die Krönung. Immerhin hast du ihn auch noch dazu ermuntert. Hast du dich schon bei seinem Vater dafür entschuldigt?"
„Ähm, nein...", antwortete Ricardo zögerlich. Ihm kam es so vor, als ob sein Bruder und er soeben die Rollen getauscht hätten. War er, Ricardo, plötzlich der jüngere von ihnen?
„Und wo wir gerade beim Entschuldigen sind, könntest du gleich bei Andreas weiter machen."
„Was? Wieso das denn?"

„Jetzt spiel nicht das Unschuldslamm! Du warst ziemlich gemein zu ihm. Dabei hat er dir doch gar nichts getan."
„Das mag sein. Aber ich kann solche Streber und Besserwisser einfach nicht ausstehen."
„Dann solltest du es lernen. Ihm aus dem Weg zu gehen, dürfte hier nämlich nicht so leicht werden. Und wenn du etwas von Elena willst, dann hast du noch mehr Gründe, ihn als Freund zu gewinnen."
„Hmm, da hast du wahrscheinlich Recht, kleiner Bruder", sagte Ricardo nachdenklich. „Wann bist du eigentlich so erwachsen geworden?"
„Vielleicht ist das passiert, während du hinter allen möglichen Mädels hergelaufen bist."
„Hey, da irrst du dich aber. Die Mädchen sind in der Regel hinter *mir* her. Und wer kann es ihnen verdenken? Ich bin halt ein supercooler Typ, der verdammt geil aussieht."
„Das scheint Elena aber anders zu sehen. Die hat dir ja den ganzen Tag ihre kalte Schulter gezeigt."
„Da irrst du dich schon wieder, Ruben. Hast du ihre Blicke nicht bemerkt? Sie hat eindeutig Interesse gezeigt. Glaub mir! Mit solchen Signalen kenn ich mich aus."
„Aber die Wange, die sie geküsst hat, war nicht deine. Oder irre ich mich da schon wieder?"
„Nein. Aber manche Mädels spielen halt gerne die Unnahbare, obwohl sie im Grunde scharf auf einen sind."
„Oder sie steht mehr auf mich als auf dich, Ricardo."
„Oh Ruben, bei aller brüderlichen Liebe, aber welche Frau will schon die Miniaturausgabe, wenn sie das Original haben kann?"

„Elena, glaubst du wirklich, dass Mira mich gern hat?", fragte Andreas.
„Ja, das ist doch offenkundig. Sie hat sich dir quasi selbst auf einem Silbertablett präsentiert. Du musst nur noch zugreifen. Oder gefällt sie dir nicht?"
„Doch. Sie ist klasse. Aber ich hab Angst, dass ich zu fest zugreife und sie dadurch zerquetsche."
„Du musst ihr ja auch nicht gleich einen Heiratsantrag machen. Aber ein Zeichen der Zuneigung wäre schon angebracht."
„Okay. Ich werde heute noch zu ihr gehen und ihr zeigen, dass ich sie ebenfalls toll finde. Aber was ist mit dir? Mit Sympathiebekundungen bist du gestern ja sehr sparsam umgegangen. Gefallen dir die Koloski-Brüder denn nicht? Ich dachte eigentlich, sie wären genau dein Typ."
„Ja, äußerlich. Aber von ihren inneren Werten müssen sie mich erst noch überzeugen."

Zur gleichen Zeit war Mira im Zimmer ihrer Eltern, um mit ihnen über den Zwischenfall tags zuvor zu reden.
„Wir können wirklich froh sein, dass wir dich hier haben, Paps."
„Danke, Mira. Aber eine Fraktur der Elle ist nicht sonderlich schwer zu diagnostizieren. Das hätte jeder Medizinstudent hinbekommen."
„Aber nicht ohne Röntgengerät", wandte Mira ein.
„Manchmal ist es gar nicht nötig, in die Leute hineinzusehen, um zu wissen, was in ihnen vorgeht", erklärte Miras Mutter Ashanti. „Was dich angeht, Mira, würde ich sagen, dass du trotz unserer schwierigen

Lage erstaunlich gut gelaunt bist. Ich erkenne ein gewisses Leuchten in dir. Und ich habe einen leisen Verdacht, wem du dieses innere Glimmen zu verdanken hast."

„Wie geht es dir, mein Sohn?", erkundigte sich Georgios Samaras bei Alexander in dessen Zimmer. Er saß neben seinem Sohn auf dem Bett.
„Schon viel besser. Nur wenn ich versuche, meinen rechten Arm zu bewegen, tut es noch weh."
„Du hättest dich besser am Stamm festgehalten, mein Stammhalter", scherzte sein Vater und strich seinem Sohn sanft übers Haar. „Also pass in Zukunft besser auf, sonst wirst du noch zu Dr. Sharmas Stammkunden! Zum Glück war es nur ein Apfelbaum, von dem du gefallen bist. Wäre es die große Eiche in unserem Garten gewesen, dann will ich mir nicht ausmalen, was hätte passieren können. Sag mal, Alex, wieso hast du das gemacht?"
„Es gehörte zum Spiel. Meine Pflicht war es, auf den höchsten Baum zu klettern. Also ..."
Dann klopfte es. Georgios ging zur Tür. Es war Ricardo.
„Ricardo? Was führt dich hierher?", fragte ihn sein Lehrer erstaunt.
„Ich wollte mich entschuldigen, bei Ihnen und bei Alexander", gestand Ricardo.
„Wofür?"
„Dafür, was Ihrem Sohn zugestoßen ist. Es war meine Schuld. Ich hätte ihn nicht ermuntern sollen. Tut mir leid."
Dann ging er auf Alexander zu und reichte ihm die Hand. „Es tut mir leid, Kumpel."

„Ist schon okay, Ricardo", erwiderte Alexander. „Ich habe es nicht gemacht, weil du mich dazu ermuntert hast, sondern weil ich es selbst wollte. Ich wollte es meiner Schwester zeigen. Ich wollte ihr zeigen, dass ich nicht mehr der kleine Junge bin, für den sie mich immer hält."
„Alexander", schaltete sich sein Vater ein. „Du musst niemandem etwas beweisen. Für mich bist du ein ganz Großer. Dafür musst du nicht auf Bäume klettern. Ich hab dich lieb."
Dann drückte er Alexander fest an sich, der es sich ausnahmsweise gefallen ließ. „Ich hab dich auch lieb, Papa", hörte er seinen Sohn sagen.
Ricardo schwieg geduldig, um diesen Moment nicht zu zerstören. Gefühlsduselei war zwar eigentlich nicht sein Ding, aber jetzt war auch er ergriffen. Insgeheim wünschte er sich, dass er auch zu seinem Vater ein solch inniges Verhältnis hätte.
„Und nun zu dir, Ricardo", erklärte Georgios Samaras, nachdem er sich von seinem Sohn gelöst hatte. „Ich muss sagen, ich bin überrascht. Du hast gerade sehr viel Reife gezeigt, als du dich entschuldigt hast. Das finde ich sehr löblich. Ich hoffe, dass du diesen Weg weitergehst."

Währenddessen hatte Andreas seinen Weg zu Mira gefunden. Ihre Eltern hatten mittlerweile ihr Zimmer verlassen, das eine exakte Kopie von Elenas Zimmer war: pink-rosa und mädchenhaft.
„Hallo Mira, wie geht es dir?", fragte Andreas, nachdem sie ihm die Tür geöffnet hatte.
„Ein bisschen müde, aber sonst bestens", war ihre Antwort. „Der gestrige Tag war sehr aufregend. Die

Nachricht von der Eisschicht über uns, Alexanders Unfall ..."
„Das kann man wohl sagen", pflichtete Andreas ihr bei. „Aber es war nicht alles schlecht."
„Aha. Und was fandest du nicht schlecht?", hakte Mira nach.
„Ganz und gar nicht schlecht war zum Beispiel, dass ich dich getroffen habe."
„Das finde ich auch. Wenn ich schon eingeschlossen werde, dann mit dir, Andreas."
Oh, was für schöne Worte! Andreas fühlte sich geschmeichelt. Gleichzeitig ärgerte er sich, dass dieser Satz nicht von ihm war. Schon wieder hatte sie ihn an Nettigkeit übertroffen. Wie konnte er da nur mithalten? Er war doch gekommen, um zu zeigen, wie nett er sie fand. Also musste er wohl zum Äußersten greifen. Ein Kuss. Aber wohin? Elena hatte Alexander einen Kuss auf die Wange gegeben. Wenn er nun das Gleiche täte, dann könnte sie vielleicht denken, dass er sie bloß für ein kleines, nettes Mädchen halten würde. Aber sie war doch jetzt schon viel mehr für ihn, obwohl sie sich gerade erst kennen gelernt hatten. Und dann gab es da noch ein Problem. Er hatte noch nie ein Mädchen geküsst, zumindest keins, das er wirklich mochte. Während er unschlüssig vor ihr stand und seine Blicke mal zu ihr hin und mal von ihr weg lenkte, brodelte es in Mira. Ihr Herz pochte, denn sie ahnte, was Andreas vorhatte. Sie konnte es kaum erwarten. Doch sie traute sich nicht, den ersten Schritt zu machen. Hatte sie ihm nicht schon genug Signale gegeben? Jetzt war er an der Reihe. Aber sein Zögern machte sie beinahe verrückt. Sie schaute ihm liebevoll in die Augen. Ihr Blick sagte deutlich JA. Dies schien auch Andreas langsam zu realisieren. Also trat er noch

einen Schritt näher an sie heran, sodass ihre Körper nur noch wenige Zentimeter voneinander entfernt waren. Mira konnte seinen Atem spüren, während sie selber das Luftholen vergaß. Das einzige Geräusch, das ihr Körper von sich gab, war das Tosen ihres Herzens. Da! Andreas beugte sein Gesicht nach vorne. Langsam. In Zeitlupe. Dann geschah es endlich. Ihre Lippen berührten sich. Mira befand sich für einen kurzen Moment im siebten Himmel. Dann wurde ihr schwindlig. Sie griff nach Andreas, suchte nach Halt – vergeblich. Lähmende Dunkelheit übermannte sie und ließ sie zusammenbrechen.
„Mira!", rief Andreas erschrocken und mühte sich, Mira vor dem Aufprall auf den Boden zu bewahren. Mit großer Not gelang es ihm, sie sanft herabzulassen. „Mira! Was ist mit dir? Mira? Kannst du mich hören?"
Von Mira kam keine Reaktion. Andreas wurde panisch. Was sollte er nur machen? Was *konnte* er nur machen?
Doch dann. Ein Geräusch. Eine leichte Bewegung. Miras Körper erwachte wieder zum Leben. Ihre Augen versuchten, wieder Kontakt zur Außenwelt aufzunehmen. Als Andreas dies sah, fiel ihm eine LKW-Ladung Steine vom Herzen.
„Mira? Was ist passiert?"
Mira stöhnte leise, richtete sich langsam auf und holte tief Luft. „Mein Kreislauf, denke ich. Das war wohl alles etwas zu viel für mich."
„Oh je. Heißt das, ich bin für deinen Kollaps verantwortlich?", erkundigte sich Andreas, den sein schlechtes Gewissen schlagartig und schrecklich zu quälen begann.

„Nein. Zumindest nicht zu 100 Prozent. Bei all der Aufregung habe ich vergessen, meine Medikamente zu nehmen."
„Medikamente? Wieso musst du Medikamente nehmen?", fragte Andreas besorgt.
„Seit meiner Geburt habe ich einen seltenen Herzfehler. Wenn ich nicht täglich meine Medizin nehme, kann so etwas wie eben gerade passieren... oder Schlimmeres."
„Oh Gott. Ich hoffe, es gibt hier genug von dieser Medizin", sagte Andreas betroffen.
„Ich fürchte, ich habe nur die Menge an Medizin, die ich für eine zweiwöchige Reise benötigt hätte."
„Das heißt...", begann Andreas, aber weiter kam er nicht. Die Erkenntnis der brutalen Realität blockierte seine Sprache. Zu schmerzhaft war die Konfrontation mit der Wirklichkeit. Leugnen und Ignorieren schienen die bessere Wahl.
„Das heißt", nahm Mira Andreas' unfertigen Satz auf, „dass ich lieber auf einen dauerhaften Aufenthalt in diesem Domizil verzichten würde."

Kapitel 8: „Der andere hat angefangen"

16. September

Zwei Tage später saßen zwei Männer in einem Hotelzimmer in Longyearbyen auf Spitzbergen und besprachen ihre Instruktionen.

„So! Dat Sightseeing is vorbei! Wir müssen uns wieder der Arbeit widmen!", verkündete einer von ihnen. Wegen seiner hellen Haarfarbe wurde er in seiner Hamburger Heimat von allen 'Der blonde Hans' oder nur 'Hans' genannt, obwohl er eigentlich Theodor hieß.
„Okay, Hans", erwiderte der andere, der auf den Namen Jan hörte. Kennengelernt hatten sie sich als Seeleute. Nun aber hatten sie einen Job, der noch etwas mehr von ihnen verlangte als das Steuern von Schiffen. „Allzu schlimm is dat auch nich. Der Ort hier is ohnehin ziemlich dröge. Da freue ich mich schon fast darauf, wieder ins U-Boot zu steigen."
„Vorausgesetzt, wir finden es wieder. Ich finde, wir haben es verdammt gut versteckt."
„Da muss dir nicht bang sein, Digga", beruhigte Jan seinen Kumpel. „So angetüdelt war ich auch nicht, dass ich nicht mehr wüsste, wo wir unser Boot gelassen haben."
„Gut. Aber kannst du mir Dösbaddel noch mal verklickern, wieso wir drei Tage warten sollten, bevor wir die Passagiere aufklären? Ich bin schließlich blond und muss nicht alles auf Anhieb verstehen."
„Ja, kann ich. Der Chef hat gesagt, wir sollen den Leuten die Gelegenheit geben, sich von den Vorzügen ihres neuen vorläufigen Zuhauses zu überzeugen. Dann werden sie leichter akzeptieren, dass sie noch ein Weilchen dort verbringen sollen. Der Chef meinte, dass das Argument, dass ihr Aufenthalt in dem Unterwasserdomizil zu ihrem eigenen Schutz sei, nicht ausreiche, um Proteste oder gar gewalttätige Aufstände gegen uns auszuschließen. Nur weil wir Schusswaffen besitzen, sollten wir sie nicht gleich einsetzen."

Um seine Worte, oder genauer gesagt, die hochdeutschen Worte seines Chefs, zu unterstreichen, legte er seine rechte Hand sanft auf die Pistole, die vor ihm auf dem Tisch lag. „Ich sehe uns eher als Botschafter und Bodyguards. Nicht als Erschießungskommando."
Plötzlich hörten sie ein Klopfen.
„Hans, kannst du bitte nachsehen, wer an der Tür ist?"
„Okay."
Hans stand auf, öffnete die Tür and sah eine Pistole auf sich gerichtet. Bevor er irgendetwas sagen oder tun konnte, ertönte ein Schuss. Es war das Letzte, was er jemals hörte. Die Kugel traf ihn direkt in den Kopf. Er sank nieder. Die blonden Haare färbten sich rot, während sein Blut aus seinem Schädel spritzte.
Gleichzeitig griff Jan nach seiner Waffe und feuerte sie ab. Einer der Eindringlinge schrief auf. „Verdammt! Der Mistkerl hat mich getroffen!"
Jan konnte sich nicht lange über seinen Treffer freuen, denn im nächsten Moment teilte er das Schicksal seines Kollegen.
„Das hast du davon! Blödmann!", fluchte der hünenhafte Schütze. „Leg dich nicht mit Daryl an!"
Hinter ihm betrat ein anderer Mann den Raum. Es war Phil, der angesichts des erneuten Blutvergießens sehr aufgebracht war. „Mein Gott, Daryl! Was hast du getan? Du solltest doch bloß *einen* von ihnen erschießen! Jetzt haben wir niemanden mehr, den wir befragen können."
„Der andere hat angefangen. Ich habe mich bloß verteidigt."
„Aber musstest du ihm gleich eine tödliche Kugel verpassen?"
„Sorry. Die Macht der Gewohnheit", antwortete Daryl leicht zerknirscht. „Aber sieh es doch mal positiv,

Phil: Wieder zwei Lungen weniger, die durch ihre Abgase die Luft verpesten."
Diese Sichtweise konnte Phil zwar teilen, doch sie konnte ihn nicht gänzlich beruhigen. Erst als er den verwundeten Daryl stöhnen hörte, verflog langsam sein Ärger.
„Lass mal sehen, wo er dich getroffen hat!"
„Es ist halb so schlimm. Er hat bloß meinen linken Oberarm getroffen. Mein Schussarm aber ist okay."
„Gut für dich, schlecht für den Typen, würde ich mal sagen", stellte Phil trocken fest. „Aber ganz ohne ärztliche Behandlung kann ich dich nicht weitermachen lassen. Lass uns mal schauen, ob wir hier irgendwo einen Arzt finden, bevor das Chaos ausbricht!"
„Das Chaos? Du meinst, die globale Umformung, von der unser Chef immer spricht?"
„Ja."
„Wann soll es nochmal losgehen?"
„Morgen um genau 12 Uhr mittags. High noon."
„Oh. Ich liebe diesen Western. Vor allem das Duell am Ende des Films."
„Woran das wohl liegen mag", murmelte Phil.
„Ich glaube, es liegt daran, dass ich noch kein Duell verloren habe."

17. September

Am nächsten Morgen begann Uli Niemann den Tag wie jeden anderen - mit der Lektüre des Hamburger Abendblattes und der Frankfurter Allgemeinen. Der Gebrauch von Printmedien war zwar ziemlich altmodisch, doch Uli wollte auf diese Gewohnheit, die er sich von seinem Vater abgeschaut hatte, nicht verzich-

ten. Der Computer, vor dem er täglich viele Stunden saß, konnte warten. Ein kleines rotes Licht signalisierte seine permanente Bereitschaft.
Als Zeitungsbote hatte sich auch heute sein Freund und Berater Stefan Franzen angeboten. Uli schätzte Stefan als angenehmen und intelligenten Gesprächspartner. Und Gesprächsstoff lieferten die Zeitungen mehr als genug. Den Anfang machte wie gewöhnlich die Aktienkursentwicklung. Für ihn als Gründer einer weltweit überaus erfolgreichen börsenorientierten GmbH war es von enormer Wichtigkeit, sich regelmäßig über den Aktienkursverlauf zu informieren.
„Dann wollen wir mal schauen, ob ich immer noch zu den zehn reichsten Menschen der Welt gehöre", verkündete Uli amüsiert.
„Wenn dir das wirklich wichtig ist, lieber Uli, hättest du gestern dem Bundesverband Herzkranke Kinder e.V. nicht so viel spenden sollen. Die Vorstandsvorsitzende hätte ja fast einen Herzinfarkt bekommen."
„Nein. Das war bloß ein Scherz. Die Top Ten spielt keine Rolle für mich. Kinder dagegen schon."
Das konnte Stefan bestätigen. Ihm tat Uli ein wenig leid, weil der Milliardär keine eigenen Kinder hatte. Frauen, die ihm Kinder gebären wollten, gab es gleichwohl genug. Aber Uli befürchtete bei jeder Frau, die er bisher getroffen hatte, dass sie nur sein Geld wollte. In der Zeit vor seinem Reichtum hatte sich keine Frau für ihn interessiert. Damals war er bloß ein Nerd, mit dem niemand etwas zu tun haben wollte – niemand außer den anderen Nerds. Dazu zählte auch Stefan, der ihm all die Jahre treu geblieben war, in guten wie in schlechten Zeiten.
Plötzlich hörte er ein dezentes Piepsen. Es kam vom Computer.

„Ach, mein Computer scheint eifersüchtig auf meine Tageszeitungen zu sein. Kaum wendet man ihm den Rücken zu, beschwert er sich wie ein vernachlässigtes kleines Kind", meinte Uli.
„Ich finde, er hat keinen Grund, eifersüchtig zu sein. Du verbringst sowieso schon viel zu viele Stunden vor dem Ding", monierte Stefan.
„Hey, Uli! Schwing deinen Arsch mal vor den Bildschirm!", rief eine Stimme, die weder Stefan noch Uli gehört.
„Hast du deinem Computer jetzt eine dieser menschlichen Stimmen verpasst? Davon hast du mir ja gar nichts erzählt", sagte Stefan nachdenklich. „Hmm. An der Wortwahl solltest du aber noch arbeiten."
„Nein. Das war ich nicht", antwortete Uli, stand auf, setzte sich vor seinen Computer und rief verblüfft. „Du!?!"
„Wer ist es?", wollte Stefan wissen. Sofort eilte er zum Sitz seines Freundes, um selbst sehen zu können, wer Uli so sehr überrascht hatte.
„Es ist Jörg Jäger!", antwortete Uli, der sich jetzt gefasst hatte.
Die Person auf dem Bildschirm aber schien bester Laune zu sein: „Sieh an! Das Steffchen-Äffchen ist immer noch an deiner Seite."
„Was willst du?", fuhr Uli ihn an.
„Das, was ich seit dem Tag wollte, an dem du mich um den Verdienst meiner Forschung gebracht hast: Rache."
„Daran bist du selbst schuld. Du und deine übertriebenen Umweltaktionen. Hätten sie dich nicht ins Gefängnis gebracht, hätten wir vielleicht zusammen den Durchbruch geschafft. Vielleicht hätten wir dann zusammen die Formel dahin entwickelt, dass sie das

Energieproblem eines großen Teils der Menschheit löste. Aber durch deinen dummen Aktionismus hast du diese Chance verspielt. Jetzt gilt mir allein der Ruhm und das Geld. Und die 20 Millionen, die du als Abfindung bekommen hast, dürften kein geringes Trostpflaster gewesen sein."
„Was sind schon 20 Millionen im Vergleich zu deinen Milliarden? Peanuts! Aber schon bald wirst du am eigenen Leib spüren, wie es ist, das zu entbehren, von dem man denkt, dass es einem zusteht."
„Was soll das heißen? Was hast du geplant?"
„Lass es mich mal so ausdrücken: Ich will einem Global Player wie dir sein Spiel verderben. Ich werde der Welt einen Schlag verpassen, an dem sie lange zu knabbern haben wird."
„Wirst du einen nuklearen Krieg anzetteln?"
„Ach! Wo denkst du hin? Hast du vergessen, dass ich diesen Planeten liebe? So etwas würde ich ihm niemals antun. Nein. Ich werde die Welt ihres wichtigsten Kommunikationsmittels berauben: des Internets. Diese Unterhaltung, die wir gerade führen, wird die letzte sein, die das Internet ermöglicht hat. Danach kannst du wieder anfangen, Briefe zu schreiben."
„Das ist unmöglich. Das Internet ist ein globales Netz, das aufgrund seiner Dezentralisierung unzerstörbar ist."
„Nun... leicht war es nicht. Aber wenn man – unterstützt von unzähligen schlauen Freunden auf der ganzen Welt - genauso dezentral vorgeht, dann wird es gelingen. Du wirst es ja gleich sehen, genauer gesagt, heute um 12 Uhr mittags."
„Du bist ja wahnsinnig!"
„Nenn du es ruhig Wahnsinn. Ich nenne es Heilung. Die Erde braucht unbedingt einen Neustart, den ich

ihr verschaffen werde. Die Menschen müssen unbedingt lernen, dass es so nicht weitergeht. Sie können nicht einfach die Erde zerstören und gleichzeitig so tun, als wäre alles okay. Jemand muss sie aufwecken, muss sie schockieren. Und das gelingt am besten, wenn man ihnen das nimmt, was ihnen am teuersten ist: ihr Geld. Nach dem Zusammenbruch des Internets wird nämlich garantiert auch das Bankenwesen kollabieren. Und du wirst arm wie eine Kirchenmaus sein."
„Nein... nein ..."
„Doch. Und für dich habe ich noch etwas Besonderes geplant. Vielleicht hast du es aus den Zeitungen erfahren, dass Emre Abd Ali und Chen Wong Li gestorben sind."
„Ja. Ich habe es geahnt. Das war *dein* Werk."
„Richtig. Ich habe sie töten lassen, aber du hast sie auf die Todesliste gesetzt. Du hast sie für mich ausgewählt, indem deine heuchlerische Stiftung sie ausgezeichnet hat. Somit trägst du eine Mitschuld an deren Tod. Und nicht nur an *ihrem* Tod, sondern auch an dem Tod all derer, die außerdem diesen Toleranz-Preis bekommen haben. Ich glaube, es handelt sich um vier weitere Familien."
„Ha! Die wirst du nicht finden! Die habe ich sehr gut vor dir versteckt!"
„Du meinst auf Spitzbergen?"
Uli mühte sich vergeblich, sich seinen Schrecken nicht anmerken zu lassen. Er konnte nicht fassen, wie seinem ehemaligen Arbeitskollegen der Aufenthaltsort der Familien bekannt sein konnte.
„Wie ich schon sagte, ich habe schlaue Leute. Sie können verdammt gut mit dem Internet umgehen und finden alles heraus, was dort verborgen ist, egal wie stabil und sicher die Firewalls erscheinen."

„Aber auf Spitzbergen sind sie gar nicht!"
„Gib auf, Uli. Leugnen ist zwecklos."
„Nein, wirklich. Ich gebe zu, dass ich sie nach Spitzbergen bringen ließ. Aber das war noch nicht das Ende ihrer Reise."
„Wo soll das denn bitte sein? Etwa am Nordpol? Hältst du dich etwa für den Weihnachtsmann?" Jörg Jäger lachte verächtlich. „Wie dem auch sei, sie werden schon irgendwann wieder auftauchen. Und dann werden meine Leute sie gebührend empfangen. Ich werde sie nicht von Spitzbergen abziehen, bevor sie nicht deine Schützlinge gefunden und getötet haben. Und nun werde ich mich verabschieden – mit dem guten Gefühl, dir eine zentnerschwere moralische Last hinterlassen zu haben. Und dies wird in Zukunft alles sein, was du besitzt. Adieu!"
Jörg Jägers Bild und Stimme verschwanden. Der Schock der beiden zurückgebliebenen Männer nicht. In Ulis Kopf herrschte schon jetzt das Chaos, das Jörg für 12 Uhr angekündigt hatte. Konnte das, was Jörg soeben gesagt hatte, wirklich wahr sein, wirklich wahr werden?
„Vielleicht will er uns bloß einen Schrecken einjagen", vermutete Stefan.
„Hmm. Für fanatisch genug halte ich ihn schon. Er wollte schon immer die Welt 'verbessern' und schreckte auch vor extremen Aktionen nicht zurück. Und die Tatsache, dass er das von Spitzbergen wusste, ist ein Beleg für die Qualität seiner Helfer. Er scheint sehr gut vorbereitet zu sein. Dabei war ich eigentlich immer derjenige, der auf alle Eventualitäten und Katastrophen vorbereitet sein wollte. Ich dachte, *ich* sei der Prepper von uns beiden. Deshalb begann ich auch das

Projekt Terra Galla, das Errichten eines sicheren Zufluchtsort außerhalb der Zivilisation."
„Ja, das gute alte Projekt Terra Galla, dein selbst erschaffenes 'gallisches Land'. Asterix und Obelix hätten ihre Freude daran gehabt. Ich hätte eigentlich nicht gedacht, dass es tatsächlich einmal zum Einsatz kommen würde."
„Ich, ehrlich gesagt, auch nicht", gab Uli zu.
„Aber angesichts der immensen Gefahr, die von Jörg Jäger und seinen Killern ausgeht, ist Terra Galla wahrscheinlich die einzige Chance für die Familien."
Dann wurde Stefan plötzlich etwas Schmerzliches bewusst. „Oh, was ist mit Jan und Hans? Die beiden sind doch jetzt auf Spitzbergen. Damit schweben sie in höchster Lebensgefahr. Ich will gleich versuchen, sie zu kontaktieren und sie zu warnen. Ich hoffe, sie sind noch nicht mit Jägers Schergen in Berührung gekommen."
Wieder und wieder versuchte Stefan die beiden Männer zu erreichen – doch es war vergeblich. Es kam keine Antwort. „Verdammt! Leute, bitte seid noch am Leben!", flehte er die Abwesenden an. Ihm war klar, dass seine Bitte wohl kaum erfüllt werden würde, denn wenn ein so zuverlässiger Mann wie Jan noch am Leben wäre, hätte ihn Stefan mit Sicherheit erreicht.
Auch Uli ließ das Schicksal seiner beiden Außenmitarbeiter nicht kalt:
„Das wäre eine weitere Tragödie, die auf Jägers Kosten geht. Ich bete, dass sie noch leben."
Betroffen vom möglichen Tod der beiden Seeleute, schwiegen Uli und Stefan eine Weile. Dann fiel Stefan ein: „Wenn sie tot sind, könnte dies außerdem bedeuten, dass sie die Familien nicht in unseren Plan

einweihen konnten. Die armen Leute denken wahrscheinlich, sie sind Opfer eines wahnsinnigen Psychopathen, der sie ohne Grund eingesperrt hat. Wie schrecklich!"
„Das können wir auf keinen Fall zulassen, Stefan! Und schon gar nicht will ich es hinnehmen, dass sie von Jägers Killern ermordet werden. Wir müssen nach Spitzbergen!"

Kapitel 9: Seelenverwandte

18. September

„Das ist Betrug!", wütete Daryl, als er das Hotelzimmer betrat. In seiner rechten Hand hielt er einen USB-Stick, den er für Phil aus dem von ihnen gemieteten Boot geholt hatte.
„Ja und?", fragte Phil zurück. „Es gibt Leute, die sagen, dies sei unser Geschäft. Wir erzeugen Angst vor etwas, von dem wir nicht wissen, ob es jemals eintreten wird."
„Du meinst die ökologische Katastrophe, das Ende der globalen Ressourcen?"
„Ich sehe, du hast etwas gelernt, mein Padawan."
„Ja, das habe ich wohl. Du hältst mir ja auch ständig Vorträge darüber. Und hin und wieder bleibt auch in meiner hohlen Birne etwas hängen, wie zum Beispiel dieser Spruch: 'Ein kleineres Disaster jetzt wird ein größeres in der Zukunft verhindern.' Dadurch fällt es

mir viel leichter, unbequeme Leute aus dem Weg zu schaffen."

„Fein. Aber übertreib es nicht damit! Ich habe keine Lust, ständig deinen Müll zu beseitigen. Lass deine Pistole doch einfach mal zu Hause!"

„Was? Du verlangst, dass ich mich von meiner Alice trenne? Niemals! Ohne sie würde ich mich total nackt fühlen."

Phil sah ein, dass er hier auf verlorenem Posten stand. Dann fiel ihm ein, dass noch eine Frage offen war.

„Was meintest du eigentlich mit Betrug?"

„Ich meine, dass wir schon fast drei Tage auf Spitzbergen sind, aber noch immer keine Nordlichter gesehen haben."

„Die gibt es nun einmal nicht jeden Tag zu sehen", gab Phil zu bedenken.

„Aber fast. Zumindest war dies die Aussage vom Chef. Ich glaube, das hat er nur gesagt, um mich zu überreden, an diesen gottverlassenen Ort zu reisen."

„Der Chef kennt deine Qualitäten. Deswegen will er dich unbedingt dabei haben. Wer sonst könnte es fertig bringen, so viele Menschen zu liquidieren? Und erst der Tod dieser Leute vervollständigt seine Rache, nach der er sich schon so viele Jahre sehnt. Und sieh es doch mal so: Wenn wir die Leute gefunden haben, kannst du deiner Alice die Freiheit schenken, nach der sie sich sehnt. Endlich wird sie sich richtig ausgelastet fühlen."

„Du hast Recht, Phil. Das wird ein Freudenfest für meine kleine Alice."

Phil freute sich, dass er seinen Kollegen mal wieder motivieren konnte. „Fein. Und wenn du unbedingt wissen willst, was mit den Polarlichtern los ist, geh doch zu dem Forschungszentrum hier auf Longyear-

byen. Dort wird man dir bestimmt mehr zu den Polarlichtern sagen können. Aber natürlich nur, wenn du sie höflich fragst."
„Hey, glaubst du etwa, ich könnte nicht höflich sein? Ich weiß ja, dass du mich für einen Kulturbanausen hältst. Aber wenn ich will, kann ich überaus liebenswürdig sein."
„Viel Erfolg dabei! Und danke für den USB-Stick! Damit kann ich mir nun Bachs wunderbare Suite Nr. 3 In D-Dur anhören. Dabei kann ich dich ohnehin nicht gebrauchen."
„Ach, schon wieder dieser Deutsche!"
„Genau. Schon wieder der. Wenn die Welt schon den Bach runter geht, will ich ihn vorher noch ein paar Male hören."
„Okay. Viel Spaß, Phil!"
Mit diesen Worten trat Daryl aus dem Hotelzimmer, das sich im zweiten Stock befand. Schnellen Schrittes stieg er die Treppe hinab. Bevor er sich zum Forschungszentrum aufmachte, wollte er sich zunächst an der Rezeption nach dem Weg dorthin erkundigen.
Doch kurz vor ihm erreichte ein junges Pärchen das Empfangsbüro. Zähneknirschend stellte er sich hinter sie, wo er eine verzweifelte Empfangsdame sagen hörte:
„Oh nein. Sie wollen uns doch nicht auch schon verlassen? Zu Beginn der Woche hatten wir noch 12 Gäste. Ohne Sie werden es nur noch zwei sein."
Der junge Mann antwortete: „Es tut uns leid. Wir wären gerne noch länger geblieben. Aber der weltweite Ausfall des Internets hat uns doch sehr nervös gemacht. So richtig genießen können wir unseren Urlaub seitdem nicht mehr. Und all das wegen dieser ver-

fluchten Umweltorganisation Greenatac! Wer weiß, was nun alles passieren wird?"
Obwohl Daryl zu den Verursachern dieses Chaos gehörte, hatte er bis jetzt noch nicht über diese Frage nachgedacht. Was würde nun passieren? Er hatte keine Ahnung. Stand nun die ersehnte Erlösung bevor? Falls ja, warum sahen diese Leute dann so verängstigt aus? Gab es denn Grund, Angst zu haben?
Daryl war in Gedanken versunken. Er bekam nicht mit, wie die beiden Touristen ihre Erleichterung darüber äußerten, dass der vorzeitige Rückflug kein Problem für sie darstellte. Er hörte auch nicht, wie die Dame vom Empfang ihn ansprach:
„Was kann ich für Sie tun, mein Herr?"
„Was?", fragte Daryl wirsch zurück. Man hatte ihn beim Denken gestört, was ihn ziemlich verärgerte. Immerhin waren es - nach seinem Empfinden – Gedanken von seltener Tiefe und daher von enormen Wert. Doch in seinem Ärger erinnerte er sich plötzlich an sein Versprechen, höflich zu sein. Also bemühte er sich um Contenance: „Bitte verzeihen Sie? Was haben Sie gesagt?"
„Ich wollte wissen, was ich für Sie tun kann, mein Herr?"
„Ähm... ach so. Ja, ähm, Sie könnten mir sagen, wie ich zum nächstgelegenen Forschungszentrum gelange."
„Sehr gerne", erwiderte die Frau. Sie war erleichtert, dass Daryl nicht gekommen war, um auszuchecken, wie all die Leute vor ihm. Seine Zufriedenheit war ihr aufgrund der hohen Fluktuation des Hotels von großer Wichtigkeit. Schließlich waren er und sein Gefährte die letzten Gäste des Hotels. Dann beschrieb sie ihm den Weg und gab ihm sogar noch eine Karte mit.

Letztere nahm er dankend an und verließ das Hotel. Obwohl die Temperaturen nur knapp über dem Gefrierpunkt lagen, verfluchte Daryl unterwegs immer wieder die Kälte. Frieren war für den Australier eine gänzlich neue Erfahrung, auf die er gerne verzichtet hätte. Als er unterwegs eine schmucke kleine Kirche sah, spielte er mit dem Gedanken, ihr einen Besuch abzustatten, zumal die dunkelrote Farbe ihrer Wände wohlige Wärme versprach. Doch es blieb bei einer Besichtigung des Äußeren der Kirche. Er wehrte sich dagegen, an diesem anderen Ende der Welt zu einem Weichei zu mutieren. Die Eiche wankte, aber fiel nicht.

Nach etwa einer Dreiviertelstunde hatte Daryl sein Ziel erreicht, und dies ohne Umwege. Vor dem riesigen Gebäude saß ein Mann im Schneidersitz auf einer Decke, die er auf den schneefreien Boden gelegt hatte. Vor sich hielt er ein Schild mit der Aufschrift 'Das Ende ist nah'.

„Sie wollen doch nicht etwa hierein?", fragte der hockende Mann mit krächzender Stimme.

„Doch. Genau das will ich."

„Und was versprechen Sie sich davon?"

„Ähm... Antworten."

„Ha! Die werden Sie hier bestimmt nicht bekommen. Zumindest keine ehrlichen Antworten."

„Wo bekomme ich denn ehrliche Antworten?"

„Bei mir. Ich kenne die Wahrheit."

„Aha. Und was ist die Wahrheit?"

„Die Wahrheit ist, dass hier etwas Unheimliches vor sich geht. Ich habe es beobachtet und notiert. Hier sehen Sie!"

Er zeigte Daryl einen alten zerfledderten Notizblock. Als der Mann darin blätterte, erkannte Daryl, dass jede Seite mit Strichlisten gefüllt war.

„Ich habe seit zehn Jahren Aufzeichnungen gemacht: darüber, wann die Nordlichter erschienen und darüber, wann Eisbären in Longyearbyen aufgetaucht sind. Und wissen Sie was? Die Häufigkeit der Polarlichter hat jedes Jahr abgenommen, während die Anzahl der Eisbären zugenommen hat. Und das letzte Erscheinen der Nordlichter ist jetzt auch schon sechs Tage her. Das ist Rekord!"

„Oh, schon sechs Tage!", sagte Daryl erschrocken. „Und Sie glauben, dass die Forscher in diesem Zentrum etwas damit zu tun haben?"

„Ja, diese Forscher und all die anderen Menschen, die sich mit der Natur anlegen. Sie lässt sich dieses ständige Eingreifen durch die Menschen nicht länger gefallen. Sie ist bereit, zurückzuschlagen. Ein weiteres Indiz ist der Ausfall des Internets. Der Mensch hat sich übernommen. Er verliert die Kontrolle über die Welt. Wenn nicht bald etwas geschieht, wird es zu spät sein."

„Ja, Sie haben Recht. Haben Sie dies schon den anderen Leuten hier erzählt?"

„Ja, aber die halten mich für verrückt und hören nicht auf mich."

Daryl schwieg einen Moment und sah sich seinen Gegenüber genauer an. Offensichtlich saß er schon länger hier. Seine Haare und sein Vollbart machten einen sehr vernachlässigten Eindruck. Die Kleidung des hageren Mannes war dreckig und offenbarte an etlichen Stellen unschöne Risse. Alles in allem strahlte er nicht unbedingt die allergrößte Glaubwürdigkeit aus. Und

die Tatsache, dass er hier in dieser Eiseskälte herumsaß, hielt auch Daryl für nicht normal.
„Ich sehe schon, mein Herr. Sie halten mich auch für verrückt. Sie gehören bestimmt auch zu den Leuten, die denken, sie wüssten immer alles besser."
„Nein. Das trifft viel mehr auf meinen Partner Phil zu. Er hält sich für etwas Besseres, weil er Bücher liest und sich mit klassischer Musik auskennt."
„Ja, diese Art Leute kenne ich. Sie sind so arrogant, dass sie meinen, sie könnten andere Menschen einfach so herumkommandieren. Aber ich verrate Ihnen etwas: Diese Leute können nur deshalb so abschätzig mit uns umgehen, weil wir, die einfachen Menschen, es zulassen."
„Stimmt."
Daryl wurde nachdenklich. Der Mann, der so heruntergekommen und fremd aussah, schien sein tiefstes Inneres zu kennen und zu verstehen. War er vielleicht ein Seelenverwandter? Oder woher konnte er sonst all dies wissen? Daryl wollte mehr erfahren.
„Erzählen Sie mir mehr!"
„Gerne. Wir einfachen Leute sollten uns zusammentun. Wir sollten uns verbünden. Denn zusammen sind wir so stark, dass die da oben auf uns hören müssen. Wir werden ihnen keine andere Wahl lassen."
Daryl grinste zufrieden. Das war genau das, was er hören wollte. Daryl dachte wieder an seinen Kumpel Phil, der eigentlich mehr Vorgesetzter als Kollege war. Obwohl Daryl körperlich viel stärker als Phil war, fühlte er sich ihm trotzdem ständig unterlegen. Dieser Mann hier zeigte Daryl einen Ausweg.
„Was schlagen Sie also vor, Eismann?"
„Mein Name ist Olaf", stellte sich der Mann vor. „Ich finde, wir sollten zur Kirche gehen!"

„Zur Kirche? Glauben Sie, Gott wird uns helfen?"
„Nein. Der hilft nur dem, der sich selbst hilft. Wir müssen die Menschen in der Kirche mobilisieren, sie auf unsere Seite bringen. Und da zähle ich ganz besonders auf Sie!"
„Wieso auf mich?"
„Ich weiß nicht, ob es Ihnen aufgefallen ist, aber ich bin stimmlich etwas angeschlagen. Die Menschen hören meinem Krächzen nicht gerne zu, und was noch viel schlimmer ist, sie glauben mir nicht. Sie kennen ja bestimmt den Spruch vom Propheten im eigenen Land."
„Nein. Tut mir leid."
„Man sagt, dass der Prophet im eigenen Land nichts gilt. Daher haben Sie weitaus bessere Chancen als ich."
„Aber ich bin kein guter Redner", wandte Daryl ein.
„Da machen Sie sich mal keine Sorgen! Ich werde Ihnen mit Worten zur Seite stehen. Wir arbeiten als Team: Sie sind die Stimme und ich bin die Idee. Wir ergänzen uns prima."
„Außerdem bin ich die Pistole", verkündete Daryl stolz und zeigte seine Waffe. „Darf ich vorstellen? Dies ist Alice. Ich heiße übrigens Daryl."
„Eine schicke Lady hast du da, Daryl. Wenn der Pfarrer sie sieht, wird er die Glocken bestimmt besonders laut läuten lassen. Und je lauter die Glocken, desto mehr Leute kommen, desto größer kann unsere Bewegung werden."

Eine Stunde später war die Kirche so voll, dass nicht einmal jeder einen Sitzplatz fand. Es waren ungefähr 100 Menschen, die neugierig darauf warteten, den Grund für das ungewöhnlich vehemente und lange

Läuten zu erfahren. Diese Anzahl bedeutete, dass jeder zwanzigste Bewohner von Longyearbyen anwesend war. Denn Longyearbyen war zwar der größte Ort auf Spitzbergen, hatte aber trotzdem kaum mehr als 2000 Einwohner. Vorzugsweise die Anwesenheit etlicher Hotelbesitzer und Hotelangestellter erfreute Olaf. Auf ihre Unterstützung baute er in besonderem Maße. Forscher konnte er dagegen nicht erkennen. Auch dieser Umstand war nach Olafs Geschmack.
Als er das Gefühl hatte, dass die Kirche nicht mehr voller werden konnte, gab er Daryl einen Zettel, auf der er eine kleine Rede geschrieben hatte, die Daryl nun vortragen sollte. Dieser trat etwas zögerlich ans Rednerpult, wobei er mehrmals zu Olaf schaute, der in der ersten Reihe saß und Daryl mit Gestik und Mimik ermunterte. Olaf hatte einen Platz im Altarraum vermieden, weil er verhindern wollte, dass die Zuhörer eine Verbindung zwischen ihm und Daryl zogen. Er befürchtete, dass dies Daryl in ein schlechtes Licht gerückt hätte. Seine Landsleute aber sollten Daryl unvoreingenommen zuhören. Die neugierigen Blicke der Kirchenbesucher betrachtete er als Indiz für seinen Erfolg. Jetzt musste seine Marionette nur noch abliefern.
„Sehr verehrte Bewohner von Longyearbyen! Mein Name ist Daryl. Ich mag Ihnen fremd erscheinen, aber glauben Sie mir: Ich bin einer von Ihnen. Denn ich teile mit Ihnen die gleichen Sorgen, Ängste und Hoffnungen.
Wir alle sind Zeuge von seltsamen Ereignissen geworden. Ereignisse, die keiner von uns erklären kann. Da wäre zum einen das Verschwinden jener wunderbaren Zeichen am Himmel, die diesen Ort zu einem von Gott auserwählten Platz gemacht haben. Schon seit 6 Tagen warten wir vergeblich auf die Rückkehr der

Nordlichter. So lange wie noch nie. Und als wäre das noch nicht genug, hat uns auch noch das Internet im Stich gelassen. Diese beiden außergewöhnlichen Vorkommnisse haben fatale Folgen für Longyearbyen. Sie nehmen uns die Grundlage für unsere Existenz: die Touristen. Der Tourismus ist die Lebensquelle von Longyearbyen. Ohne ihn trocknen wir aus. Ohne ihn schmelzen wir wie Eis im Sommer.
Doch es gibt eine Gruppe von Menschen, die unser Leid nicht nur völlig egal ist, sondern die auch zu dieser unseren Not beigetragen hat: die Forscher. Wie Sie sehen, ist keiner von ihnen hier. Und warum nicht? Ich sage es Ihnen: Weil sie sich für ihr Handeln schämen, weil sie wissen, dass sie Schuld an dem schrecklichen Schlamassel tragen. Sie wissen, weshalb wir keine Nordlichter mehr sehen können. Aber sie wollen es uns nicht verraten. Sie verschweigen uns die Wahrheit, nämlich dass sie in ihrer grenzenlosen Überheblichkeit und Selbstüberschätzung die Gesetze der Natur und die Gesetze Gottes gebrochen haben. Sie haben sich erdreistet, die Natur zu kontrollieren. Doch sie schlägt jetzt zurück. Nur leider trifft sie auch uns. Das können wir nicht einfach hinnehmen. Wir müssen uns wehren. Wir müssen die Forscher stoppen! Und wir müssen es jetzt tun!"

Kapitel 10: Über den Wolken

Derweil waren Uli und Stefan in Tromsö angekommen. Diese Stadt im Norden Norwegens war für viele die inoffizielle Hauptstadt der Arktis. Der Weg dorthin war kein Problem für den Global Player. Obwohl der Flugbetrieb in Deutschland und in Norwegen aufgrund des Ausfalls des Internets stark eingeschränkt war, fand sich ein Flieger, der die beiden Freunde zuerst nach Oslo und von dort nach Tromsö brachte. Doch was Flugzeuge von Tromsö nach Longyearbyen anging, war das Angebot der Fluggesellschaften äußerst dürftig.
„Was? Der nächste planmäßige Flug nach Spitzbergen geht erst in 5 Tagen!", stöhnte Uli. „So lange kann und will ich nicht warten. Bis dahin kann ja alles Mögliche passiert sein."
Uli zog es vor, Stefan nicht zu erklären, was er unter 'alles Mögliche' verstand. Dies war allerdings auch nicht nötig. Auch Stefan war klar, dass die Familien bis dahin schon längst alle tot sein konnten.
Uli sah sich moralisch verpflichtet, alles Erdenkliche zu tun, um die Unschuldigen zu retten. Dazu gehörte auch die Suche nach alternativen Fluggesellschaften. Das Fehlen des Internets erschwerte dies jedoch erheblich. Und da die Bediensteten der renommierten Fluggesellschaften nicht gerade auskunftsfreudig waren, entschieden sich die beiden, in ein norwegisches Telefonbuch zu schauen. Nachdem sie wenig später einen hilfsbereiten Passanten dazu überreden konnten,

ihnen bei der Benutzung des Telefonbuches zu helfen, hatten sie die Adresse eines kleinen privaten Flugbetriebs, dessen Dienste sie in Anspruch nehmen wollten. Sie nahmen ein Taxi, das sie eine halbe Stunde später an ihrem Zielort absetzte.
Kurz darauf begutachteten die beiden das einzige Flugzeug, das sie dort finden konnten.
„Na ja. Einen wirklich vertrauenswürdigen Eindruck macht die Maschine ja nicht", fand Stefan, während er das Flugzeug betastete. Dabei fiel ihm auf, dass sich der Lack an manchen Stellen zu lösen begann.
„Da stimme ich dir zu. Und der Aufkleber 'Globalisierung – Nein danke!' beruhigt mich auch nicht wirklich."
„Ich denke, man hätte noch viel mehr Aufkleber benutzen sollen. Dann würde man vielleicht den schäbigen Lack nicht mehr sehen."
Plötzlich hörten sie eine Stimme von hinten. „Es tut mir leid, dass ich nur noch diese alte Mühle anzubieten habe. Aber die Geschäfte liefen in letzter Zeit nicht gut. Meine beiden besten Flieger musste ich leider verkaufen."
Uli und Stefan drehten sich um und sahen einen Mann, der optisch sehr gut zu seinem Flugzeug passte. Er trug einen Bart, dessen Alter man nur mit großer Mühe schätzen konnte. Ein ähnliches Problem hatten Uli und Stefan, was den letzten Waschtag der Kleidung des Mannes anging. Dreck und Schmiere schienen um die Vorherrschaft auf seinen Lumpen zu kämpfen.
„Kenne ich Sie nicht von irgendwoher?", fragte er Uli plötzlich.
„Nein. Das glaube ich nicht", antwortete Uli schnell. Seine Bekanntheit, die sein gewaltiger Erfolg mit sich

brachte, empfand er als unangenehmen Nebeneffekt. Er hatte kein Bedürfnis, im Rampenlicht zu stehen.
„Ich habe wohl ein Allerweltsgesicht. Nicht wahr, Stefan?"
„Richtig. Es gibt Momente, da denke ich, ich habe Ben Affleck vor mir. Und im nächsten Moment glaube ich, neben mir steht Tom Hanks."
Der Pilot schien die Lügen seiner potentiellen Passagiere zu schlucken.
„Soll ich Ihnen bei Ihrem Gepäck helfen? Ihr riesiger Rucksack scheint ja Tonnen zu wiegen."
„Nein, danke," erwiderte Uli. „Von ihm trenne ich mich nie auf meinen Reisen."
„Okay", kam es zurück. Dann fiel ihm plötzlich ein, dass er eventuell etwas vorschnell gewesen war.
„Ach, Sie *wollen* doch meine Passagiere sein, oder?"
Stefan schaute zu Uli, als ob er fragen wollte: Wollen wir das?
„Sind Sie denn schon mal damit nach Spitzbergen geflogen?", fragte Uli.
„Ja. Schon hunderte Male. Und Sie? Waren Sie schon auf Spitzbergen?"
„Für uns ist es das erste Mal."
„Oh, dann werde ich auch ganz vorsichtig fliegen", feixte der Pilot.
Uli schaute zu Stefan. Sein Blick schien zu sagen: Haben wir etwa eine Wahl?
„Okay. Wir fliegen mit Ihnen."
Kurz darauf saßen sie im Flieger und zitterten dem Start entgegen. Als Besitzer eines Privatjets war Uli zwar schon häufiger Gast in kleineren Flugzeugen. Aber dieses Mal fühlte er eine Besorgnis, die auch Stefan zu teilen schien. Umso größer war die Erleichterung, als der Start geglückt war.

„Runter kommen sie alle", scherzte ein nervöser Stefan.
Als sich beide etwas beruhigt hatten, erinnerte Stefan seinen Freund und Mandanten an dessen Bankgeschäfte, die Uli seit dem Besuch von Jörg Jäger gänzlich vernachlässigt hatte.
„Weißt du, Stefan, meine Finanzen interessieren mich im Moment kein bisschen. Jetzt zählt nur, dass wir Menschenleben retten. Was sind dagegen schon ein paar Zahlen auf dem Konto?"
„Das finde ich sehr ehrenwert, Uli. Aber hast du dir schon überlegt, was du tun wirst, wenn du den Auftragskillern von Jörg Jäger begegnest?"
„Ja, ich werde mit ihnen so umgehen, wie man eben mit Söldnern umgeht. Ich werde versuchen, sie zu kaufen. Was glaubst du, weshalb ich solch einen riesigen Rucksack dabei habe?"
„Ist er etwa voll mit Bargeld!?"
„Sagen wir es mal so: Ein nicht unbeträchtlicher Teil von ihm ist damit gefüllt."
Plötzlich erschien der Pilot. Stefan und Uli erschraken. Hatte er sie belauscht? Wollte er sie nun ihres Geldes berauben? Wenn Stefan an die wirtschaftlichen Probleme des Piloten dachte, würde er es ihm auf jeden Fall zutrauen.
Der Pilot, dem der Schrecken seiner Passagiere nicht verborgen blieb, sagte mit einem Hauch Herablassung: „Sie müssen sich keine Sorgen um Ihr Geld machen. Ich werde es Ihnen nicht nehmen."
Stefan atmete auf. Auch wenn der Pilot ihr Gespräch oder zumindest das Ende ihres Gesprächs mitbekommen haben musste, schien er nicht kriminell zu sein.
Doch Stefan hatte sich zu früh gefreut, denn der Pilot hatte noch mehr zu sagen:

„Aber es gibt etwas, was ich Ihnen nicht länger zur Verfügung stellen werde: den Piloten dieses Flugzeugs."
„Wie bitte? Aber das sind doch *Sie!*"
„Gut erkannt."
„Und wer fliegt dann das Flugzeug?"
„Der Autopilot. Aber die entscheidende Frage ist nicht, wer das Flugzeug *fliegen* wird, sondern wer es *landen* wird. Ich auf jeden Fall nicht, denn ich werde mich nun zurückziehen."
Der Schrecken, den Uli und Stefan beim plötzlichen Erscheinen des Piloten spürten, war nichts im Vergleich zu dem, was sie jetzt empfanden. Insbesondere Stefan rutschte das Herz in die Hose. Mussten sie also selbst das Flugzeug landen? Aber sie waren doch gar keine Piloten, hatten keinerlei Erfahrung mit Flugzeugen! Der Pilot musste wahnsinnig sein! So etwas konnte er doch nicht einfach machen! Man konnte doch seine Passagiere nicht einfach verlassen und sie ihrem Schicksal überlassen!
Doch bevor Uli und Stefan ihren Schock in Worte fassen konnten, öffnete der Pilot die Flugzeugtür. Unverzüglich wurde es unangenehm laut im Flieger. Gegen die enorme Lautstärke kämpfte der Pilot an, indem er das Folgende quasi schrie: „Aber vorher verrate ich Ihnen natürlich noch, wieso ich dies mache, wieso wir alle gleich sterben werden." Er holte kurz Luft und fuhr dann fort. „Ich weiß, wer Sie sind. Sie sind der millionenschwere Unternehmer Ulrich Niemann. Sie sind einer von diesen schäbigen Globalisierungsprofiteuren, die nur an ihren Gewinn denken, an soziale Gerechtigkeit und Menschlichkeit aber kein Interesse haben."

Stefan dachte bei sich: Wenn dieser offensichtlich verwirrte Mann doch bloß wüsste, wie Uli wirklich war! Hätte er doch bloß mehr von ihrem Gespräch mitbekommen! Dann wüsste er, wie human und sozial Uli in Wirklichkeit war, und er würde wieder zur Vernunft kommen!
„Aber hören Sie...", versuchte er einzuwenden.
„Nein. Jetzt hören Sie! Ich spiele schon länger mit dem Gedanken, mich selbst umzubringen. Ich habe nämlich ohnehin fast alles verloren, was mir wichtig war. Nur das Wrack von einem Flugzeug ist mir übrig geblieben. Gegen die großen Global Player hatte ich keine Chance. Nun habe ich mich endgültig zum Suizid entschlossen, denn dank Ihnen habe ich die Gelegenheit, mit meinem Selbstmord der Menschheit einen Dienst zu erweisen, nämlich indem ich Sie ebenfalls mit in den Tod reiße."
„Nein. Tun Sie das nicht. Wenn Sie uns umbringen, haben Sie auch das Leben vieler unschuldiger Menschen auf dem Gewissen!", protestierte Uli. „Wir sind nämlich unterwegs, um diese Leute zu retten."
„Erzählen Sie Ihre Märchen jemandem anders. Jeder weiß doch, was euch Machtmenschen antreibt: Gier und Egoismus."
„Nein!", schrie Stefan verzweifelt. „Das ist nicht wahr!"
Doch der Pilot hörte nicht hin, sondern fügte bloß trocken hinzu: „Ach, bevor ich es vergesse: Es gibt keinen brauchbaren Fallschirm mehr an Bord. Adieu! Wir sehen uns in der Hölle!"
Dann sprang er in die Tiefe. Uli und Stefan verzichteten darauf, ihm hinterher zu schauen, sondern beeilten sich, die Tür zu schließen.

„Komm, lass uns in ins Cockpit gehen!", forderte Stefan seinen Freund auf. „Vielleicht können wir einen Absturz irgendwie verhindern."
„Ja, wenn wir es schaffen, uns Hilfe zu holen."
Als sie sich kurz darauf im Cockpit befanden, waren sie überrascht, wie komplex das Armaturenbrett dieses kleinen Flugzeugs war.
„Wo zum Teufel ist nur das Funkgerät?", rief Stefan verzweifelt.
„Ich glaube, ich habe es gefunden", bemerkte Uli.
Stefan setzte sich sofort davor und versuchte, mit irgendwem Kontakt aufzunehmen.
„Verflucht! Das Funkgerät scheint nicht zu funktionieren", stellte Stefan frustriert fest.
„Lass mich es mal versuchen!", bat ihn Uli.
Doch auch er bekam nichts aus dem Funkgerät heraus.
„Ich fürchte, der Wahnsinnige hat es zerstört", lautete Ulis Schlussfolgerung.
„Aber... aber dann sind wir verloren!", war Stefans Sichtweise.
„Noch nicht ganz, lieber Stefan."
„Was heißt das, Uli?"
„Das heißt, ich habe noch ein As im Ärmel."
„Was ist das für ein As? Na los! Zeig es mir! Worauf wartest du?"
„Es ist nicht hier, sondern in meinem Rucksack. Komm mit!"
Dann folgte Stefan seinem Freunde aus dem Cockpit.
Als Uli bei seinem Rucksack angekommen war, fragte er Stefan: „Hast du etwa vergessen, dass ich ein Prepper bin?"
„Nein, natürlich nicht. Ich weiß, dass du gerne auf alle möglichen Eventualitäten vorbereitet bist. Uli, bitte

sag mir, dass du auch auf Flugzeugabstürze vorbereitet bist!"

„Positiv. Ich habe einen Fallschirm in meinen Rucksack."

„Uli, du bist spitze!", freute sich ein erleichterter Stefan. „Und entschuldige bitte, falls ich mich jemals abschätzig über dein 'Preppertum' geäußert habe."

„Kein Problem. Die meisten Menschen halten unsere Vorbereitungen für übertrieben, da sie sich nicht vorstellen können, dass sie tatsächlich einmal in wirklich prekäre Situationen kommen können. Aber ich meine, lieber zehnmal zu viel vorbereitet, als einmal zu wenig vorbereitet zu sein."

„Ähm, aber kannst du mit dem einen Fallschirm uns beide sicher nach unten bringen?"

„Ja, ich glaube schon. Das heißt: Ich *hoffe* es. Zumindest habe ich einmal gesehen, wie es geht. Aber der gemeinsame Sprung mit nur *einem* Fallschirm wird nicht das größte Problem sein."

„Sondern was?"

„Das Meer. Wir dürfen nicht auf dem Wasser landen."

„Wieso?"

„Weil wir dort entweder ertrinken oder erfrieren würden. Wir müssen es daher irgendwie bis nach Spitzbergen schaffen. Lass uns mal schauen, ob wir herausfinden können, in welche Richtung wir eigentlich fliegen."

„Ich glaube, ich habe hier einen Kompass gefunden. Die Nadel scheint Richtung Norden zu zeigen."

„Sehr gut. Dann besteht die Hoffnung, dass wir bald Spitzbergen unter uns sehen werden", verkündete Uli voller Optimismus.

Nach zwei Stunden, in denen sie ununterbrochen auf das eiskalte Wasser des Atlantiks herabblickten, schwand dieser Optimismus jedoch immer mehr.
„Und was ist, wenn wir Spitzbergen um ein paar Kilometer verfehlen oder schon verfehlt haben?", fragte Stefan ängstlich.
Uli schwieg. Er wusste, dass Stefan die Antwort darauf selbst wusste. Das Aussprechen dieser bitteren Wahrheit schien ihm daher nicht nötig. Er versuchte stattdessen auszurechnen, wann eine Ankunft auf Spitzbergen zu erwarten war.
„Ich denke, in der nächsten halben Stunde wird es sich entscheiden."
Schweigen. Erst nach einer weiteren Viertelstunde wurde es wieder gebrochen.
„Du, Uli, ich wollte dir noch sagen, dass es mir eine Freude und Ehre war, dein Anwalt und Freund gewesen zu sein."
„Danke, Stefan. Ich bin auch sehr froh, dass du stets an meiner Seite warst und mich vor manchem Fehler bewahrt hast."
„Ich wünschte, ich hätte dich vor dem Fehler dieses Flugs bewahrt..."
„Langsam, Stefan. Noch wissen wir nicht, ob es ein Fehler war."
Dann schnallte sich Uli seinen Fallschirm um und zeigte Stefan, wie er sich im Falle eines Falles verhalten sollte. Jener nahm die vielleicht letzten Anweisungen seines Mandanten aufmerksam entgegen.
„Und nun lass uns schauen!"
Sie schauten. Doch es war weiterhin nichts als Wasser zu sehen.
„Uli..."
„Guck nach unten, Stefan!"

„Okay."
Zwei Minuten später meldete sich wieder Stefan zu Wort.
„Ist das da drüben Land?"
„Hmm. Das könnte sein. Warte! Gleich kann ich dir mehr sagen, Stefan."
„Mir wäre es lieber, du könntest statt 'Meer' 'Land' sagen."
Stefan versuchte es mit Galgenhumor. Was blieb ihm auch sonst noch übrig?
„Ja, du hast Recht. Es ist Land. Land ist in Sicht! Land!"
Beide schrien ihre Erleichterung heraus! „Jaa! Wir sind gerettet!"
Kurz vor dem Absprung dachte Uli bei sich: „Oh Spitzbergen! Was freue ich mich, dich zu sehen! Was freue ich mich, auf dir zu landen!"
Seine Freude sollte sich jedoch als voreilig herausstellen.

Kapitel 11: Der Aufstand

Zur gleichen Zeit stürmte mehrere hundert Meter weiter unten eine Horde wütender Spitzbergener aus der Kirche. Keiner von ihnen schaute nach oben, wo man eventuell einen doppelt bemannten Fallschirm hätte sehen können. Nein, sie richteten ihren Fokus allein auf das Forschungszentrum, das sie so schnell wie möglich erreichen wollten. Was sie dann dort machen würden, wusste allerdings niemand so genau – nicht einmal Olaf, dessen Idee die Bestürmung des Zentrums war. Und Daryl schon gar nicht. Er wusste überhaupt nicht, wie ihm geschah. Er hätte nie damit gerechnet, dass er mit Worten soviel erreichen konnte, auch wenn es nicht seine eigenen waren. Einen ähnlichen Aufruhr kannte er nur, wenn er seine Alice zückte. Aber jene wartete dieses Mal geduldig auf ihren Einsatz. Sie schien mit der Gewalt, die hier entfesselt wurde, ohnehin nicht mithalten zu können.

Erst als fast alle Leute die Kirche verlassen hatten, dämmerte es ihm, dass diese Bewegung – wie alle Bewegungen – einen Anführer brauchte, und dass man von ihm verlangen würde, dass er diese Rolle übernahm. Also bahnte er sich einen Weg durch die eilenden Masse, die ihn wiederholte Male mit einem Schulterklopfen bedachte. „Gute Rede, Mann!", hörte er von mehreren Leuten. In ihren Blicken las er eine Anerkennung, die ihm völlig neu war. Plötzlich war er nicht der dumme Lakai, der zu nichts anderem in der Lage war, als Befehle auszuführen. Jetzt war er ein hoch angesehener und respektierter Mann. Dabei vergaß er völlig, wer für seinen unerwarteten Erfolg verantwortlich war: Olaf. Ihn ließ Daryl achtlos hinter sich. Ihn brauchte er sicherlich nicht mehr, dachte er. „Von hier an übernehme ich!"

Doch als die Meute ihr Ziel, das Forschungszentrum, erreichte hatte, stieß sie auf ein Hindernis, mit dem sie nicht gerechnet hatte: den Sheriff und zwei weitere Polizisten.

„Was soll das?", schrie Daryl empört, als ihm klar wurde, dass die Polizisten ihn und seine Leute nicht ins Forschungszentrum hineinlassen würden. „Lassen Sie uns gefälligst vorbei!"

„Den Gefallen können wir Ihnen leider nicht tun", erwiderte der Sheriff. „Bitte gehen Sie wieder nach Hause!"
Nach Hause? Er sollte nach Hause gehen und wieder der alte unbedeutende Daryl sein? Von wegen! Das hatte sich der Bulle wohl so gedacht! Aber da war er schief gewickelt! Er sollte Daryl kennenlernen!
„Wir werden NICHT nach Hause gehen! Wir verlangen, dass Sie uns ins Gebäude lassen! Und wenn nicht, dann ..."
Daryl stockte. Er spürte die erwartungsvollen Blicke seiner 'Anhänger'. Er konnte jetzt nicht klein beigeben. Er musste ihnen zeigen, dass sie ihm zurecht gefolgt waren. Also machte er das, was er immer tat, wenn es brenzlig wurde: Er zückte seine Pistole.
Ein Raunen ging durch die Masse. Blitzschnell zogen die Polizisten ebenfalls ihre Waffen und suchten nach Deckung. In diesem Chaos flog ein Stein durch die Luft und traf den Sheriff. Darauf reagierte der Sheriff mit einem Warnschuss, der die Menschen deutlich verfehlte. Daryl aber fühlte sich angegriffen und erwiderte das Feuer reflexartig. Und sein Schuss war keine Warnung, sondern eine Hinrichtung, denn er traf den Körperteil, der immer von Daryl anvisiert wurde: den Kopf. Das unglückliche Opfer war der Sheriff, der schon in der nächsten Sekunde tot auf dem Boden lag.
Plötzlich rief jemand in die Stille hinein: „Macht Daryl zum Sheriff!"
Sofort erschallten mehrere Stimmen, die diesen Vorschlag lautstark unterstützten. Einer von ihnen rannte los, um sich die Marke des Sheriffs zu holen. Während die Menge aus voller Kehle 'Daryl" skandierte, nahm dieser die Marke des Sheriffs mit stolz geschwellter Brust entgegen. Für einige Momente stand

er zufrieden lächelnd da und genoss den Zuspruch, mit dem er überhäuft wurde. Dann hob er den Arm, um der Menge anzuzeigen, dass er gewillt war, ein paar Worte an sie zu richten. Sogleich wurde es ruhig.
„Hey Leute! Wenn wir unser Vorhaben beenden wollen, brauchen wir mehr Waffen. Also lasst uns zur Polizeistation gehen und uns dort bedienen!"
Auch diese kleine Rede von Daryl fand uneingeschränkte Zustimmung beim Volk. Für ihn war es der Beweis, dass er es auch ohne Olafs Hilfe schaffte, die Menge zu mobilisieren. Sein Selbstvertrauen war mittlerweile genauso gefestigt wie seine Statur. Im Süden ein Niemand, im Norden ein Held. Auch als er einem aufgebrachten Phil auf dem Weg zur Polizeistation begegnete, blieb er cool wie das Eis auf Spitzbergen.
„Hey, Phil! Schau mal, welche Armee ich hinter mir versammelt habe! Ihr fehlen nur noch die Waffen. Aber diesen Mangel werden wir gleich beheben."
„Wie bitte? Was ist los? Wie kommst du nur darauf, diese Meute als deine Armee zu bezeichnen?"
Daryl grinste Phil an. Er genoss den Anblick seines verwirrten Kollegen, zumal es bisher fast immer Daryl war, der Phil geistig nicht folgen konnte.
„Siehst du diese Marke hier! Sie zeigt an, dass ich hier der Sheriff bin. Wenn du magst, kannst du mein Hilfssheriff sein."
Im Gegensatz zu Daryl brauchte Phil nicht lange, die neue Situation zu erfassen. Er wusste zwar nicht, *warum* diese Leute Daryl folgten, aber wichtig war ihm im Moment nur, *dass* sie ihm folgten. „Gute Arbeit, Kollege! Mit der Unterstützung dieser Leute hier werden wir die Familien viel schneller finden und aus-

schalten können. Echt genial! Soviel Verstand hatte ich dir, ehrlich gesagt, gar nicht zugetraut."
Jetzt war es wieder Daryl, der verdutzt schaute. Was hatte Phil da gerade gesagt? Man könnte die Menge benutzen, um die Familien zu finden?
„Ähm... ja. Genau das war mein Plan", log Daryl. „Aber vorher müssen wir noch das Forschungszentrum überfallen."
„Wir müssen was?", wiederholte Phil ungläubig. „Wieso denn das?"
„Weil ich es den Leuten versprochen habe."
In diesem Moment erschien Olaf neben Daryl und erklärte mit heiserer Stimme: „Und was man verspricht, muss man auch halten."
„Wer sind Sie denn?", wollte Phil von dem Skandinavier wissen.
„Mein Name ist Olaf. Ich habe Ihrem Freund geholfen, hier das Ruder zu übernehmen."
„Dafür will ich mich gerne bei Ihnen bedanken, Olaf", sagte Phil freundlich. „Ich hatte mich auch schon gewundert, dass es Daryl ohne meine Hilfe zum Sheriff geschafft hat", fügte er nachdenklich hinzu. „Aber wieso gerade das Forschungszentrum?"
„Weil die Forscher dort uns für dumm verkaufen und uns verheimlichen, weshalb keine Nordlichter mehr zu sehen sind. Und zum Zusammenbruch des Internets haben sie bestimmt auch etwas zu sagen, wenn sie es nur wollten. Deswegen müssen wir sie zwingen."
„Da muss ich Ihnen widersprechen, Olaf. Zunächst einmal hängt das Erscheinen der Polarlichter mit irgendwelchen Sonneneruptionen zusammen. Der Mensch aber zerstört die *Erde*, nicht die *Sonne*. Dafür ist sie wohl noch etwas zu weit entfernt..."

„Aber wenn der Mensch unsere Erdatmosphäre so verändert, dass die Wirkung der Sonne neutralisiert wird...", wandte Olaf ein.

„Selbst dann wäre es nicht richtig, die Forscher zu Sündenböcken zu machen. Da kenne ich weitaus geeignetere Kandidaten. Und was den Zusammenbruch des Internets angeht, weiß ich aus zuverlässiger Quelle, dass die Forscher nichts dafür können und nichts davon wissen. Deshalb schlage ich vor, dass wir 'unsere' Ziele ein wenig ändern."

Olaf schaute Daryl hilfesuchend an.

„Es tut mir leid, Olaf", entschuldigte sich Daryl bei seinem neuen Freund. „Ich vertraue auf Phil. Er ist der schlauste Mensch, den ich kenne. Also werde ich ihm folgen und das tun, was er vorschlägt. Ich würde mich sehr freuen, wenn du uns dabei unterstützt."

Dann ergänzte er mit einem teuflischen Grinsen: „Und Alice würde sich auch freuen."

„Okay", sagte Olaf, der diesen Argumenten nichts entgegenzusetzen hatte. „Wie sieht der Plan aus?"

„Wir machen es so: Wir erzählen den besonders motivierten Leuten, dass die Forscher irgendwo an der Küste der Insel ein U-Boot versteckt haben. Wir sagen ihnen, dass sich in diesem U-Boot Informationen zu einem versteckten Labor befänden. Das ist sogar nur zur Hälfte gelogen, denn wir suchen tatsächlich ein U-Boot, wo wir Informationen vermuten. Nur diese Informationen führen uns nicht zu einem Labor, sondern zu den Familien, wegen denen wir hier sind."

„Was sind das für Familien?", wollte Olaf wissen.

„Nun ja, sagen wir es so: Sie hatten das Pech, dass sie von der falschen Person gefördert wurden. Jetzt werden sie von der richtigen Person, unserem Auftraggeber, gesucht, um dafür bestraft zu werden. Auf diese

Weise will er sich an jener falschen Person für ein begangenes Unrecht rächen. Und wenn wir ihm diesen Gefallen tun, werden wir reichlich belohnt werden, denn er ist sehr mächtig."

Olaf stimmte dem zu. Hatte er denn eine andere Wahl? Irgendwie konnte er sich auch mit Daryls Auftraggeber identifizieren, denn auch er litt unter ungestillten Rachegefühlen. Er fühlte sich von der Welt vernachlässigt. Da war zum einen sein ehemaliger Arbeitgeber, der ihn einfach vor die Tür gesetzt hatte, nachdem Olaf ein einziges Mal unvorsichtig gewesen war. Unglücklicherweise hatte dieses eine Mal zur Folge, dass ein Mitarbeiter ums Leben kam. All die Jahre, die er für die Chemiefabrik in Norwegen geopfert hatte, zählten plötzlich nicht mehr. Er galt von da an als Risiko, das nicht mehr toleriert wurde.

Und dann war da noch seine Frau, die Olafs Selbstmitleid irgendwann nicht mehr ertragen konnte und sich von ihm scheiden ließ. Danach war er völlig alleine, da sich auch seine ehemaligen Arbeitskollegen von ihm abwandten.

Wie gerne würde er sich für all den Mangel an Treue und Loyalität rächen! Andererseits war er sich nicht sicher, ob diese Familien diese Strafe wirklich verdient hatten. *Eine* falsche Entscheidung musste man doch jedem erlauben.

Kurz darauf waren sie bei der Polizeistation angekommen. Dort trafen sie lediglich auf eine ältere Dame, die sich um die Schreibarbeit und ums Telefon kümmerte. Ohne Widerstand zu leisten, zeigte sie Daryl, wo sich die Waffen befanden. Er und Phil nahmen so viele Pistolen und Gewehre mit, wie sie tragen konnten, und verließen die Station. Draußen sahen sie in

die entschlossenen Gesichter von etwa zwanzig Männern. Ihnen übergaben die beiden Australier die Waffen. Dann ergriff Daryl das Wort.
„Dies hier", er zeigte auf Phil, „ist mein Partner Phil. Er unterstützt uns in unserem Vorhaben. Allerdings hat er auch Neuigkeiten, die er uns gerne erzählen möchte."
Darauf berichtete Phil ihnen von dem verborgenen U-Boot, das sie unbedingt suchen müssten. Die Männer signalisierten Bereitschaft, Phils Anweisungen Folge zu leisten. Dann holte Phil eine Karte von Spitzbergen hervor und teilte den Männern Gebiete zu, wo sie nach dem U-Boot suchen sollten.
Nachdem sich die Bewaffneten auf ihren Weg gemacht hatten, stellte Phil zufrieden fest: „Ich denke, es ist nur noch eine Frage der Zeit, wann wir unseren Auftrag erfüllt haben werden. Die letzte Stunde der Familien hat geschlagen."

Kapitel 12: Das Quiz

18. September

Vier Tage hatten die Familien in ihrem von Wasser und Eis umgebenen Gefängnis nun verbracht. Von außen betrachtet waren die Tage ruhig und geordnet vergangen. Niemand hatte auch nur die geringste Ahnung, was sich einige Kilometer von ihnen entfernt auf Spitzbergen zusammenbraute. Hier unten nahm al-

les seinen mittlerweile gewohnten Gang. Jeder hatte seine Aufgaben. Man wusste, was von einem erwartet wurde. Und alle bemühten sich, ihren Verpflichtungen nachzukommen. Für den Dienst im Garten und in der Küche wurden Pläne erstellt. Dabei wurde darauf geachtet, dass die Arbeit gleichmäßig auf alle Bewohner verteilt wurde. Gleichzeitig sorgte der allgemeine Stundenplan für ausreichend Freizeit.
Es schien also, als sei die Umstellung auf das neue Leben geglückt. Doch im Innern der Insassen rumorte es. Allgegenwärtig war die Frage, wann man seine Freiheit wieder zurückerlangen würde. Und je mehr Tage vergingen, desto geringer wurde die Hoffnung und desto größer wurde die Sorge. Diese innere Unruhe spürte auch Georgios Samaras – sowohl bei sich als auch bei einigen anderen. Also überlegte er, wie er mit seinem Unterricht für positive Stimmung sorgen konnte. Nach einer halben Stunde des Grübelns hatte er eine Idee: ein Quiz.

Derweil besuchte Andreas seine Freundin Mira. Nach ihrem Zusammenbruch war sie von allen Pflichten und Diensten befreit worden. Diese Sonderbehandlung war Mira allerdings gar nicht so recht, weil sie dadurch ziemlich viel alleine war. So gab es wenig, was sie von ihrer Krankheit ablenkte. All ihre Proteste waren vergeblich. Man wollte kein unnötiges Risiko eingehen. Also fügte sich Mira ihrem Schicksal und versuchte ihre Zeit, mit Lesen und Fernsehen einigermaßen erträglich zu verbringen. Hilfe bekam sie dabei von Andreas, der regelmäßig die Mediathek durchstöberte, um Literatur und Filme zu entdecken, die Mira möglicherweise gefallen konnten. Auch heute war er fündig geworden.

„Leg deinen Robinson Crusoe beiseite, Mira!", befahl er ihr, als er ihr Zimmer betrat. „Hier habe ich etwas Besseres." Dabei hielt er triumphierend einen USB-Stick in die Höhe.
„Was hast du denn dieses Mal Schönes für mich? Gullivers Reisen?", fragte Mira lächelnd, während sie auf ihrem Bett lag und ihren Ebook-Reader in der Hand hielt. Ihre Freude über seinen Besuch war ihr deutlich anzusehen. Sie honorierte es, dass er sich immer große Mühe gab, sie aufzuheitern. Voller Vorfreude fragte sie sich, was er dieses Mal für sie aufgetan hatte.
„Nein. Noch besser. Es ist 'Slumdog Millionaire'!", verkündete er stolz und setzte sich auf einen Stuhl, der neben ihrem Bett stand.
„Fein. Allerdings habe ich den schon mehrere Male gesehen. Immerhin spielt er in der Heimat meines Vaters."
„Das habe ich mir schon gedacht. Aber ich rede ja auch nicht vom Film. Hier habe ich die Buchversion. Auf deutsch heißt sie 'Rupien! Rupien'!"
„Rupien? Rupien? Das klingt ja blöd. Da wundert es mich nicht, dass das Buch bei weitem nicht so erfolgreich war wie die Verfilmung."
„Dann lass uns doch einen eigenen Namen erfinden! Wie wär's mit 'Der unglaubliche Andreas rettet Mira'?"
„Aber die Protagonisten heißen doch Jamal und Latika und nicht Andreas und Mira! Außerdem geht es auch weniger darum, dass ein Mädchen gerettet werden muss."
„Egal. Dann schreiben wir halt nicht nur den Titel, sondern gleich die ganze Geschichte um!"
„Okay, unglaublicher Andreas. Da bin ich echt gespannt. Leg los!"

„Hmm. Beginnt der Film nicht mit der Frage, wie Jamal diese Riesenmenge an Rupien gewonnen hat?"
„Ja, du hast Recht. Und dazu gibt es vier Antwortmöglichkeiten."
„Gut. Da du, Mira, für mich quasi ein Lottogewinn bist, werde ich die Frage ein wenig verändern:

Andreas hat die todkranke Mira gerettet. Wie hat er das geschafft?

Und die Antwortmöglichkeiten lauten folgendermaßen:

a) Er hatte Glück.
b) Er hat betrogen.
c) Er ist ein Genie.
d) Es ist Schicksal.

Was ist deine Antwort, Mira?"
„Wie? Ich muss das jetzt beantworten?", fragte Mira erstaunt zurück.
„In meiner Version der Geschichte musst du das."
„Kann ich auch einen Joker benutzen?"
Andreas stockte kurz. Dann antwortete er: „Einen Publikumsjoker auf jeden Fall nicht. Dafür fehlt uns das Publikum."
„Und den Telefonjoker bekomme ich wohl auch nicht?", fragte Mira enttäuscht.
„Wenn du hier irgendwo ein Telefon auftreiben kannst, aber ..."
Andreas verstummte. Er war mit der Absicht zu Mira gekommen, sie von der scheinbar ausweglosen Situation, in der sie sich befanden, abzulenken. Aber nun hatte er sie direkt darauf gestoßen. Echt genial, Andre-

as! Die Antwort c hatte er damit quasi selbst widerlegt.

„Dann bleibt mir vielleicht der 50/50-Joker?", erkundigte sich Mira vorsichtig.

„Ja, den kannst du haben", erwiderte Andreas erleichtert. Vielleicht hatte er damit noch einmal die Kurve gekriegt. „Also es fallen folgende zwei Antworten weg... und zwar ... Antwort c und Antwort b."

„Mist! Die Antwort b, dass er betrogen hat, hätte ich ohnehin ausschließen können. Aber Antwort c, dass er ein Genie ist, hatte ich zumindest in Erwägung gezogen. Hmm. Also Glück oder Schicksal.... Ich entscheide mich für Antwort d: Es ist Schicksal."

„Aha. Interessante Wahl", lobte er Miras Antwort.

„Und habe ich Recht?", wollte Mira wissen.

„Du glaubst doch wohl nicht, dass schon jetzt die Auflösung kommt? Nein. Jetzt folgt erst einmal ein ausgedehnter Flashback."

„Menno! Eine Rückblende?"

„Sei nicht enttäuscht, Mira. Ein Flashback kann auch schön sein. Der Flashback, den ich mir soeben ausgedacht habe, führt dich zurück in die gute alte Zeit."

„So so. Dann erzähl mir mal von dieser Zeit."

„Gerne. Es war eine Zeit, in der es keine Probleme gab. Damals schwebten Andreas und Mira gemeinsam auf Wolke Sieben. Und nichts und niemand wagte es, sie von dort zu vertreiben. Sie kannten nur ihre Liebe. Und für ihre Liebe lebten sie."

„Das hört sich gut an. Erzähl weiter. Was haben die beiden zusammen gemacht?"

„Nun. Zunächst hat er ihr gesagt, wie hübsch sie aussieht."

„Mit welchen Worten?" Mira wollte es genau wissen.

„Mit genau diesen Worten", erwiderte Andreas und blickte Mira tief in die Augen. „Er sagte: *Deine Schönheit sperrt mich in ein Gefängnis, das ich nie wieder verlassen will, selbst wenn ich es könnte.*"
„Und was geschah dann?", fragte Mira – gefangen im Bann seiner Worte.
„Und dann...". Andreas erhob sich von seinem Stuhl.
Tock. Tock.
„Dann klopfte er?" Mira war irritiert.
„Das war er nicht. Ich meine: Das war *ich* nicht. Irgendjemand hat an die Tür geklopft. Hier und jetzt. Warte! Ich schau mal nach, wer es ist!"
Gesagt, getan.
„Hallo, Andi! Störe ich?"
Es war seine Schwester Elena.
„Ehrlich gesagt, ja", antwortete Andreas etwas verlegen.
„Oh, das tut mir leid, Bruderherz. Aber der Unterricht beginnt gleich. Und du willst doch nicht leichtfertig deinen Ruf als Streber aufs Spiel setzen, indem du zu spät kommst, oder?"
„Ach, du bist doch eine genauso große Streberin wie ich!", verteidigte sich Andreas.
„Aber das scheint Ricardo und Ruben nicht zu stören", sagte Elena mit einem Grinsen. Dann ging sie an ihm vorbei, um Mira zu begrüßen.
„Hallo, Mira! Wie geht es dir?"
„Hallo Elena. Danke. Schon viel besser, was auch ein Verdienst deines Bruders ist."
„Darf ich ihn dir trotzdem entführen? Ich habe gehört, unser Lehrer Herr Samaras hat ein Familienduell geplant. Und dafür brauche ich meinen Bruder."
„Klar. Ich schau mir solange das Ebook an, das er mir vorhin gebracht hat. Geht ruhig."

„Hallo Elena und Andreas!", begrüßte sie Herr Samaras zu seinem Unterricht. „Schön, dass ihr da seid. Dann können wir ja jetzt anfangen. Bitte begebt euch zu euren Familienmitgliedern, wenn ihr nicht bereits da seid. Denn wir machen heute ein Familienduell. Dafür werde ich euch einige Fragen stellen. Ihr müsst dann zwischen drei Antworten auswählen und eure Antwort auf einen Zettel schreiben. Wer die meisten richtigen Antworten gegeben hat, kommt ins Finale, wo es dann zu einem Geschwisterduell kommen wird. Habt ihr alles verstanden?"
Elena, Andreas, Ricardo, Ruben, Maria, Anna und Alexander nickten bzw. gaben ein knappes 'Ja' von sich.
„Dann stelle ich euch nun die erste Frage. Sie lautet: Zu welchem Land gehört Spitzbergen?

a) Norwegen
b) Schweden
c) Finnland?"

Sofort schrieben alle Schüler ihre Antwort auf den vor ihnen liegenden Zetteln. Als Georgios Samaras sah, dass alle fertig waren, forderte er sie auf, ihre Antwort zu zeigen. Im nächsten Moment schaute er auf drei Zettel, auf denen jeweils das Wort 'Norwegen' stand. „Prima!", freute sich der Lehrer. „Ihr alle liegt richtig. Es ist Norwegen. Nun zur zweiten Frage: Welches Tier bekommt man auf Spitzbergen nicht zu sehen?

a) Polarfuchs
b) Eisbär
c) Pinguin?"

Die Geschwisterpaare Sindermann und Koloski entschieden sich schnell. Die Kinder des Lehrers dagegen hatten Schwierigkeiten, zu einer Einigung zu gelangen. Schließlich entschieden sie sich für Antwort A 'Polarfuchs'. Als die drei sahen, dass die anderen Teams Antwortmöglichkeit C 'Pinguin' gewählt hatten, ahnten sie, was sich kurz darauf bewahrheitete: Ihre Antwort war falsch. Somit lagen sie zurück.
„Noch ist nichts entschieden!", sagte Georgios, um Anna, Maria und Alexander Mut zu machen. „Hier kommt die dritte Frage: Wofür steht das Wort 'borealis' in 'aurora borealis'?

a) südlich
b) östlich
c) nördlich?"

Dieses Mal dauerte die Beratung bei allen Mannschaften etwa gleich lang. Auch das Ergebnis war identisch. Alle glaubten, dass 'borealis' 'nördlich' bedeutete.
„Richtig! Sehr gut!", lobte sie Herr Samaras. „Damit bleibt es spannend. Mal sehen, wie ihr mit der nächsten Frage zurechtkommt. Es handelt sich um eine Schätzfrage: Wieviele Eisbären leben auf und um Spitzbergen?

a) zwischen 1 und 100
b) zwischen 101 und 1000
c) zwischen 1001 und 10000?"

Zum ersten Mal gab es unter den Teams drei verschiedene Antworten. Die Koloskis wählten Antwortmöglichkeit A, die Sindermanns Antwortmöglichkeit B und die Samaras Antwortmöglichkeit C. Dies nahm Georgios lächelnd zur Kenntnis: „Oh, wie es scheint, war dies wirklich eine schwierige Frage, denn zwei Teams liegen falsch. Es sind tatsächlich deutlich mehr als 1000 Eisbären, denen man auf Spitzbergen begegnen kann. Daher ist es ratsam, bei Ausflügen in die Wildnis eine Waffe bei sich zu haben. Wer hat dies gewusst? Ah ja! Es sind Alexander, Maria und Anna! Damit haben nun alle Mannschaften drei der vier Fragen richtig beantwortet. Knapper und spannender geht es nicht. Die nächste Frage entscheidet also das Familienduell. Sie lautet: Für welche religiöse Gruppe ist die einzige Kirche auf Longyearbyen zuständig?

a) für Christen
b) für Juden
c) für Moslems?"

Als Andreas seine Antwort 'Christen' aufschreiben wollte, hielt ihn Elena zu seinem Erstaunen zurück. „Halt!", flüsterte sie ihm zu. „Lass doch lieber eines der anderen Teams gewinnen. Auf diese Weise könntest du deinen Ruf als Streber loswerden. Und die Freude der anderen wäre sicherlich riesig."
Andreas überlegte kurz und entschied sich dann für Antwort C 'Moslems'. Wenige Sekunden später zeigten die anderen Schüler ihre Antworten: Auf dem Zettel der Samaraskinder stand 'Juden', während die Koloskis Antwortmöglichkeit A 'Christen' gewählt hatten.
„Wir haben ein Gewinnerteam!", verkündete kurz darauf Georgios feierlich. „Es sind Ricardo und Ruben Koloski! Herzlichen Glückwunsch! Die letzte Frage

richtet sich also nur an euch, Ricardo und Ruben. Bitte trennt euch dieses Mal voneinander, denn jetzt kämpft ihr gegeneinander!"
Die beiden Jungs kamen der Aufforderung ihres Lehrers unverzüglich nach. Allerdings konnte sich Ricardo einen Kommentar in Richtung seines Bruders nicht verkneifen: „Jetzt zeige ich dir, wer von uns der große Bruder ist."
„Und ich verrate euch, wie die nächste Frage lautet: Wer stellt zwischen Juni und September den größten Bevölkerungsanteil auf Spitzbergen?

a) Kohlenarbeiter
b) Arktisforscher
c) Touristen?"

Ricardo überlegte: Die Bedeutung von Kohle hat in den letzten Jahrzehnten doch stark abgenommen. Also kann ich Antwortmöglichkeit A wohl ausschließen. Also bleiben nur noch die Arktisforscher und die Touristen. Hmm. Ich könnte mir vorstellen, dass auf Spitzbergen viel zu erforschen ist. Aber gibt es auch viel zu besichtigen? Das glaube ich weniger. Die Nordlichter gibt es doch auch anderswo zu sehen, zum Beispiel am Nordkap. Außerdem ist Spitzbergen doch am Arsch der Welt. Also entscheide ich mich für Antwort B.

„Ich sehe, ihr habt beide eine Wahl getroffen. Bitte zeigt mir eure Antworten, Ricardo und Ruben!"
Nachdem Ricardo seinen Zettel sichtbar gemacht hatte, schaute er zu seinem Bruder herüber. Auf dessen Zettel stand 'Touristen'. Aha, dachte Ricardo, einen Gleichstand wird es also nicht geben. Dann schaute er

gespannt auf seinen Lehrer, der sogleich fortfuhr:
„Und die richtige Antwort erfahrt ihr nach einer kleinen Pause."
„Oh bitte nicht!", stöhnte Ruben. Auch die übrigen Kinder brachten ihre Enttäuschung zum Ausdruck. Doch Georgios ließ sich nicht erweichen, sondern fragte die anderen Schüler. „Was glaubt ihr denn? Sind es die Touristen oder die Arktisforscher?"
„Arktisforscher!", rief Alexander
„Touristen", meinte Andreas.
„Und du, Elena?", wollte der Pädagoge von dem Mädchen wissen.
„Ich schließe mich meinem Bruder an", gab Elena zurück.
„Es stimmt", löste Georgios auf. „Es sind die Touristen. Ich habe gelesen, dass im Lichtwinter und im Sommer tausende von Touristen nach Spitzbergen kommen. Auch wenn diese Inselgruppe das Mekka der Arktisforschung genannt wird, dürfte die Anzahl der Forscher noch lange nicht die 1000 überschreiten."
„Ha! Ich habe gewonnen!", jubelte Ruben. „Und von jetzt an bin *ich* der große Bruder!"

Kapitel 13: Willkommen auf Spitzbergen

18. September

'Now I'm free - free falling!", heißt es im Refrain eines Gute-Laune-Songs von Tom Petty. Stefan fiel zwar auch frei, doch über seine Freiheit konnte er sich nicht wirklich freuen. Er war viel zu sehr damit beschäftigt, die Verbindung zu seinem Freund Uli nicht abbrechen zu lassen. Denn dies würde für Stefan den sicheren Tod bedeuten. Auch Uli fühlte sich nicht gerade unbeschwert, denn er spürte die zentnerschwere Last der Verantwortung. In diesem Moment war er für das Leben seines Freundes Stefan verantwortlich. Uli war der seidene Faden, an dem Stefans Leben hing.
„Halt dich gut fest!", schrie Uli seinem Freund zu.
„Das versuche ich ja!", schrie Stefan zurück, während er mit seinen Armen seinen Kumpel so fest wie möglich umschlang. „Ich werde dir eine gute Klette sein!"
„Okay. Ich werde jetzt den Fallschirm öffnen!"
Zack! Ruckartig wurde der freie Fall gebremst. Uli stellte zu seiner großen Erleichterung fest, dass er Stefan nicht verloren, sondern sein Versprechen, eine gute Klette zu sein, gehalten hatte.
„Jetzt haben wir es fast geschafft!", munterte er Stefan auf. „Wir müssen nur noch die Landung hinkriegen."
'Nur', wiederholte Stefan in Gedanken, während er sich fragte, worauf sie eigentlich zusteuerten. War es das eisige Meer oder der eisige Boden von Spitzbergen? Oder würden sie gar auf eine Eisplatte knallen,

sie durch ihren Aufprall zerstören und unter dem Eis elendig ertrinken? Stefan zitterte, wenn er nur daran dachte.

„Stefan, ich kann dich beruhigen", rief ihm Uli zu, als ob er dessen Gedanken hätte lesen können. „Wir sind Spitzbergen jetzt so nah, dass ich dir eine trockene Landung versprechen kann. Wenn wir eine Stelle finden, wo tiefer Schnee liegt, wird es sogar eine weiche Landung."

Dies waren die letzten Worte, die die beiden im Fallen wechselten, denn nicht einmal eine Minute später schlugen sie auf. Hart. Die weiße Fläche, auf der die beiden landeten, war nur leicht mit Schnee bedeckt. Dafür waren die Arme und Beine der beiden Fallschirmspringer kurz darauf mit grünen und blauen Flecken übersät. Diese Blessuren nahmen sie allerdings kaum wahr. Der gewaltige Adrenalinschub, den der Sprung und die Landung ausgelöst hatten, verdrängte alle negativen Gefühle im Nu. Sie hatten es geschafft! Sie waren am Leben! Das war es, was zählte!

„Hast du dich verletzt?", fragte Uli.

„Nein, zumindest nicht ernsthaft. Und du?"

„Ich bin okay."

„Hast du eine Ahnung, wo wir hier sind, Uli?"

„Aus der Luft konnte ich eine Ortschaft erkennen. Ich vermute, dass es Longyearbyen war, denn es gibt kaum andere Dörfer auf Spitzbergen. Aber ganz genau kann ich es dir erst sagen, wenn ich mein GPS-fähiges Smartphone konsultiert habe."

„Wie mir scheint, ist dein Handy fast so nützlich wie dein Schweizer Taschenmesser."

„Ja, beinahe. Mit Hilfe dieses Geräts kann ich dir sagen, wie weit wir von der Unterwasserbehausung un-

serer Freunde, von dem U-Boot, das uns dorthin bringen wird, und von Longyearbyen sind. Ach, und was sehe ich da? Vom U-Boot sind wir sogar nur ..."
„Ähm, Uli", unterbrach ihn Stefan. „Kannst du damit auch berechnen, wie weit wir von dem Eisbären auf dem Hügel dort entfernt sind?"
„Eisbär? Welcher Eisbär?", rief Uli erschrocken.
„Der Eisbär, der gerade auf uns zukommt!"
„Oh, nach meiner groben Einschätzung nicht weit genug! Lauf, Stefan, lauf!"
Und Stefan lief. Doch er kam nicht weit. Schon nach wenigen Metern stolperte er über einen Stein, den der Schnee gut genug verborgen hatte, um den jungen Mann zu überraschen. Wer nicht aufhörte zu laufen, war der Eisbär. Als Uli seinen auf dem Boden liegenden Freund sah, rannte er zurück, nahm sein Schweizer Taschenmesser und schwenkte es wild in Richtung des Eisbären: „Komm ja nicht näher, du übergroßer, weißer Teddybär! Sonst wirst du die Klinge meines Messers kennenlernen!"
Der Eisbär hielt an und schaute verwundert auf die hektischen Bewegungen des Mannes, der noch etwa zehn Meter von ihm entfernt war.
„Siehst du, Stefan! Es funktioniert! Ich kann den Eisbären mit meinem Schweizer Taschenmesser aufhalten!"
Doch Ulis Freude hielt nicht lange an, denn sein Messer hielt den Eisbären nicht lange auf. Langsam kam das große Raubtier näher. Noch neun Meter. Noch acht. Sieben. Uli wusste, dass der Vorsprung nun zu klein war, um dem Tier zu entkommen. Vielleicht wollte der Eisbär ja auch bloß spielen. Vielleicht gab es hier in der Nähe einen Zirkus, aus dem er ausgebrochen war. Vielleicht ... Sechs. Fünf. Aber in den Au-

gen des Eisbären erkannte er nur dessen ungebändigten Zorn. Vier. Drei. Ein Knall. Ein Schuss. Der Eisbär blieb stehen. Noch ein Schuss. Ein weiterer Schuss. Der Eisbär floh. Uli sank nieder im Schnee. Die gesamte Anspannung fiel von ihm herab und ließ einen erschöpften Körper zurück. Zu erschöpft für irgendwelche Gefühle außer einer grenzenlosen Erleichterung. So verspürte er auch nicht den Drang, sich umzudrehen, um zu schauen, woher die Schüsse kamen, die ihm gerade das Leben gerettet hatten.
„Alles okay, Uli?", fragte ihn Stefan, der in ein seltsam ausdrucksloses Gesicht schaute. „Uli?
„Ja", kam es zögerlich zurück. „Ich glaube schon."
In dem Moment hörten sie eine aufgebrachte Stimme hinter sich: „Was zum Teufel machen Sie hier ohne Bewaffnung? Wissen Sie denn nicht, dass man hier draußen immer mit Eisbären rechnen muss?"
Uli und Stefan wandten sich um. Vor Ihnen standen zwei Männer mit Gewehren.
„Danke, dass Sie uns gerettet haben!", antwortete Uli, ohne auf die Fragen des Mannes einzugehen.
„Entschuldigung. Wir sind nicht von hier", erklärte Stefan. „Wir sind gerade erst mit dem Fallschirm gelandet."
„Mit dem Fallschirm?", wiederholte der andere Mann ungläubig. Dann wandte er sich an seinen Begleiter und fragte ihn: „Was sollen wir nur mit diesen merkwürdigen Gestalten machen, Torben?"
„Lass sie uns zum neuen Sheriff bringen, Sören! Der wird schon wissen, wie mit diesen Leuten zu verfahren ist."
„Okay, Torben."
Dann wandte sich Sören an Uli und Stefan: „Würden Sie uns bitte begleiten?"

„Haben wir eine Wahl?"
„Nein."
„Und ich dachte immer, Spitzbergen gehöre zum freien und demokratisch gewählten Norwegen", scherzte Uli. Nach den beiden Nahtoderfahrungen in der letzten halben Stunde konnte ihn diese Verhaftung nicht mehr schockieren.
„Wahrscheinlich hast du bloß die Autonomiebestrebungen von Spitzbergens neuem Diktator verpennt, Uli", erwiderte Stefan, der ebenfalls seinen Humor zurückerlangt hatte. „Du solltest halt nicht immer bloß den Börsenteil in der Zeitung lesen."
Während sie anschließend durch die karge Landschaft von Spitzbergen marschierten, begannen sie jedoch, nachdenklich zu werden. Die beiden Bewaffneten sahen nicht wie Polizisten aus, sondern eher wie normale Zivilisten. Aber waren sie dies wirklich? Oder war es angebracht, sie und den Sheriff zu fürchten? Sehr freundlich schienen sie auf jeden Fall nicht zu sein.
Uli sah der Ankunft in Longyearbyen nun nicht mehr gelassen entgegen. Doch nach etwa einer Stunde war der Moment der Wahrheit gekommen. Sie betraten die Polizeistation, um dem geheimnisvollen Sheriff vorgeführt zu werden. Er und sein Kollege Phil staunten nicht schlecht, als sie erkannten, wen sie da vor sich hatten:
„Oh, wer beehrt uns denn da?", fragte Phil amüsiert.
„Herr Ulrich Niemann aus Hamburg! Darf ich Ihnen den neuen Sheriff von Longyearbyen vorstellen? Daryl Hardman!"
„Freut mich", antwortete Uli küh, während er sich fragte, wieso die beiden seinen Namen kannten. Er hatte den Verdacht, dass sie keine Einheimischen waren, sondern Jörg Jägers Handlanger aus Australien.

„Ich finde, Sie beide sind erstaunlich braungebrannt. Scheint auf Spitzbergen denn so oft die Sonne?"
„Nein", sagte Phil. „Stellen Sie sich vor: Wir sind ebenfalls nicht von hier, sondern aus Australien. Aber wir sind hier großartig aufgenommen worden. Meinen Kumpel hat man sogar zum Ordnungshüter gemacht. Das gleiche Glück werden Sie aber nicht haben, fürchte ich."
„Ach, dann hat Sie wahrscheinlich mein alter Freund Jörg Jäger geschickt."
„Nun ja, wenn ich Herrn Jäger richtig verstanden habe, gehört Ihre Freundschaft der Vergangenheit an."
„Und mein Kumpel Phil versteht fast alles richtig!", schaltete sich Daryl ein. Er hatte das Gefühl, dass er als neuer Sheriff nicht einfach stumm daneben stehen konnte. Er war ja jetzt eine bedeutende Persönlichkeit, wie er fand. Auf jeden Fall bedeutender als Olaf, der in einer hinteren Ecke saß und schweigend dem Gespräch lauschte. Diese Zurückhaltung fand Daryl durchaus für angebracht.
„Hören Sie, Phil, wenn Sie so schlau sind, dann wissen Sie sicherlich auch, dass ich äußerst reich bin. Ich werde Ihnen sehr viel Geld bezahlen, wenn Sie von Ihrem ursprünglichen Plan ablassen, und stattdessen die Familien in Ruhe lassen."
Dann griff Uli in seinen Rucksack und holte eine durchsichtige Tüte heraus. Sie war gefüllt mit 50-Euro-Scheinen. „Hier ist eine kleine Anzahlung."
„Danke, Herr Niemann", erwiderte Phil höflich und nahm Uli die Tüte aus der Hand. „Das nehme ich gerne an. Trotzdem werde ich meinem Arbeitgeber Herrn Jäger nicht untreu werden. Sehen Sie, Herr Niemann: Jörg Jägers Stern geht auf. Ihrer aber ist im Begriff zu sinken. Außerdem hat er eine Vision, die ich teile. Sie

dagegen haben nur Geld, und das vermutlich auch nicht mehr lange."

Das sah Uli anders: „Sie unterstützen ihn nicht bei einer weltverbessernden Vision, sondern bei seinem persönlichen Rachefeldzug, der Menschenleben kostet!"

„Das sind bloß Bauernopfer in einem Spiel, das viel größer ist als Sie und ich. Ich mache die Drecksarbeit für den Meister, damit er sich auf die wirklich wichtigen Dinge konzentrieren kann: die Rettung des Planeten Erde."

„Solch ein Vorhaben zeugt doch von Größenwahnsinn", schaltete sich Stefan ein.

„Von Größe, aber nicht von Wahnsinn."

„Der Versuch, die technologische Entwicklung des Menschen aufzuhalten, damit er der Erde weniger Schaden zufügen kann, scheint in meinen Augen nicht gerade vernünftig", merkte Uli an.

„Aber sehen Sie denn nicht, dass sich der Mensch im Dschungel der Technik selbst und seinen Bezug zur Erde verliert? Er verbaut sich den Weg zurück zur Natur mehr und mehr. Und diese Entwicklung wird die Natur nicht länger hinnehmen. Sie wird sich rächen und dies noch viel schlimmer, als wir von Greenatac es tun."

„Das glaube ich nicht. Die Natur bzw. die Erde ist äußerst anpassungsfähig. Darin hat sie Erfahrung – unheimlich viel Erfahrung sogar. Auch der Mensch wird seine Flexibilität beweisen. Davon bin ich überzeugt. Er ist zäh und erfindungsreich."

„Richtig", pflichtete Stefan ihm bei. „Und der Mensch hat eine Antriebskraft, die ihn alle Hindernisse überwinden lässt: die Liebe."

„Sie beide haben aber eine hohe Meinung vom Menschen. Offensichtlich bin ich hier in der Arktis auf zwei Philanthropen gestoßen."
„Wie bitte? Was für Tropen?", warf Daryl dazwischen.
„*Philan*thropen. Das sind Menschenfreunde", klärte ihn Phil auf.
„Ach so. Also gegen das Gegenteil von uns?", folgerte Daryl.
„Stimmt", gab ihm sein Kumpel recht. „Ich zum Beispiel denke, dass der Mensch blind vor Selbstsucht ist und ..."
„Und er braucht Leute wie Sie, damit ihm die Augen geöffnet werden?"
„Jetzt haben Sie es verstanden, Herr Niemann. Leider stehen Sie diesem Vorhaben im Wege. Daher müssen wir Sie erst einmal wegsperren. Daryl, könntest du ..."
In diesem Moment kam einer der bewaffneten Männer herein.
„Was gibt es?", fragte ihn Daryl.
„Ähm, ich wollte nur Bescheid geben, dass alle Suchtrupps wieder zurück sind. Das gesuchte U-Boot konnte aber leider nicht gefunden werden."
„Mist", fluchte Phil. „Aber morgen ist ja auch noch ein Tag. Und den werden wir früh beginnen, damit wir umso mehr Zeit für die Suche haben. Also lasst uns den heutigen Tag für beendet erklären! Gute Nacht! Ich werde mich jetzt zurückziehen." Dann wandte er sich an Daryl. „Du übernachtest hier bei den Gefangenen. Ich will sicher gehen, dass sie in ihrer Zelle bleiben."
„Okay, Phil. Ich werde auf sie aufpassen."

Eine Stunde später dachte Uli seinen letzten Gedanken, bevor er ins Land der Träume glitt: Immerhin haben Phil und Daryl noch nicht die Familien gefunden. Es besteht also immer noch die Hoffnung, dass wir es vor ihnen schaffen. So leicht konnte man ihm nicht seinen Glauben an ein Happy End nehmen.

Kapitel 14: Die Stunde des großen Bruders

18. September

Während Uli seinen Optimismus noch immer nicht verloren hatte, schwand bei Mira die Hoffnung auf Rettung. Dies blieb auch Andreas nicht verborgen. Deshalb nutzte er die Ruhe der Nacht, um ein Gedicht zu schreiben, das, wie er hoffte, Mira etwas Mut machen würde. Um 1 Uhr hatte er schließlich etwas verfasst, das er für gut genug hielt, um es seiner Freundin zu präsentieren. Ja, er fühlte sogar etwas Vorfreude, wenn er daran dachte, wie Mira darauf reagieren würde. Ganz kalt würden sie seine Verse bestimmt nicht lassen. Mit diesem Gedanken schlief er friedlich ein.

19. September

Der nächste Morgen begann für Uli und Stefan schon sehr früh. Ulis Uhr verriet ihm, dass es genau 5.49 Uhr war. Doch es waren weder Daryl noch Phil, die sie weckten, sondern Olaf. Die eigentliche Überraschung war jedoch, was er ihnen zu verkünden hatte:

„Ich lass Sie heraus. Dann können Sie versuchen, die Familien vor Herrn Jägers Rache zu bewahren."
Noch schlaftrunken brachte Uli nur ein knappes 'Wieso?' heraus.
„Weil ich nicht will, dass unschuldigen Menschen Leid zugefügt wird", gab Olaf als Grund an, auch wenn dies sicherlich nicht der einzige war. Er nahm es Daryl übel, dass er ihm gegenüber nicht loyal gewesen war, sondern Phil den Vorzug gegeben hatte. Und auf Untreue reagierte Olaf seit seinem Rauswurf äußerst empfindlich.
„Das ist gut", freute sich Uli halbherzig. Dies ging selbst für ihn als Optimisten zu schnell zu gut. Er musste erst einmal richtig wach werden, um zu realisieren, welch großes Glück ihnen gerade zuteil wurde. Aber dafür war jetzt nur wenig Zeit.
„Kommen Sie schnell!", drängte sie Olaf. „Bevor der Sheriff wieder zurück ist!"
Trotz ihrer Müdigkeit waren Stefan und Uli schon wenige Sekunden später draußen und atmeten die kühle Luft von Spitzbergen ein. Leben erfüllte ihre Körper und Dankbarkeit ihre Herzen.
„Wir sind Ihnen sehr zu Dank verpflichtet, guter Olaf", erklärte Uli. „Nur allzu gerne würde ich mich dafür bei Ihnen revanchieren."
„Dann nehmen Sie mich mit nach Deutschland und geben mir eine Stelle!"
„Okay", willigte Uli ein, „wenn wir es nach Deutschland schaffen, werde ich Ihnen das geben, was Sie sich wünschen. Das verspreche ich Ihnen. Aber jetzt sollten wir uns wirklich beeilen!"

Eine Stunde später erwachte auch Andreas. Voller Elan stieg er aus dem Bett. Er konnte es kaum erwar-

ten, Mira zu besuchen und sie mit seinem Gedicht zu erfreuen. Nachdem er im Badezimmer gewesen war und sich angezogen hatte, ging er zu seinem Nachttisch, wo er den Zettel mit seinem ersten poetischen Gehversuch abgelegt hatte.
Im Nu stand er vor Miras Tür und klopfte vorsichtig. Er lauschte nach Geräuschen aus dem Inneren des Zimmers. Aber nichts war zu hören. Er klopfte lauter. Vielleicht war sie gerade in einer Tiefschlafphase. Er überlegte, ob es nicht besser wäre, später wieder zu kommen. Oder … oder war irgendetwas passiert? War sie wieder kollabiert? Brauchte sie seine Hilfe? Dieses Mal klopfte er nicht nur, sondern rief auch ihren Namen: „Mira? Ist alles in Ordnung?"
Dann lauschte er wieder. Und jetzt hörte er auch etwas. Es war Miras müde Stimme: „Ja, ich komme ja schon."
Andreas fiel ein Stein vom Herzen. Seine Sorge war unbegründet.
„Hallo Andreas!", begrüßte sie den Hobby-Poeten. „Du bist aber schon früh auf!"
„Tut mir leid, dass ich dich aus dem Schlaf gerissen habe, Mira. Aber ich wollte dir unbedingt etwas zeigen."
„Aha. Was ist es denn?"
„Ein Gedicht. Ich habe es für dich geschrieben."
„Das ist aber lieb von dir", freute sich Mira und gab Andreas einen Kuss auf die Wange. „Komm! Wir setzen uns aufs Bett, damit ich dir aus nächster Nähe zuhören kann."
Andreas genoss es, neben Mira Schulter an Schulter zu sitzen. Er holte tief Luft und fing dann an, sein Gedicht vorzutragen:

Hoffnungsschimmer

Ein kleines Herz wurd' einst so schwer,
hatte kein Zuhause, keine Heimat mehr.
Die wohlvertraute Welt lag weit zurück,
ebenso wie Glaube, Trost und Glück.
Das kleine Herz war sehr gehemmt,
der Ort so düster und so fremd.
Angst und Sorgen zogen ein,
ließen keine Lichter rein.

Doch ein kleines Vöglein namens Mut,
voller Sorge um des Herzens Glut,
kam und sang, um aufzuheitern:
„Wend dich ab vom tristen Scheitern!
Halt die Fenster, halt die Türen offen!
Es ist nie zu spät für dich zu hoffen.
Brennen soll das helle Licht,
der Sonnenstrahl der Zuversicht!"

Das Herzlein tat wie ihm geraten
und wahrlich kurz darauf betraten
Glanz und Tageslicht das neue Heim.
Das Vöglein lachte: „Just in time.
Dem Trübsal, schenk ihm keine Zeit,
verbringe sie mit Heiterkeit!
Folge nicht dem Wahn von Nero!
Erinn're dich: Dum spiro, spero."

„Die letzten drei Worte 'Dum spiro, spero' bedeuten übrigens 'Solange ich atme, hoffe ich'", ergänzte Andreas nach seinem Vortrag.
„Das wusste ich. Ich habe mein Latinum."
„Und wie gefällt es dir?", wollte Andreas wissen.

„Es ist so schön, dass ich es gar nicht in Worte fassen kann."
„Dann drück es halt anders aus", empfahl ihr Andreas.
„Vielleicht so?", fragte Mira, schlang ihre Arme um ihn und küsste ihn auf den Mund. An Andreas' leidenschaftlicher Reaktion erkannte Mira unverzüglich, dass ihre Vermutung richtig war. Minutenlang lagen sie küssend nebeneinander und liebkosten und streichelten, was sie mit ihren Händen ergreifen konnten. Obwohl Andreas tief unter dem Meeresspiegel war, fühlte er sich so, als wäre er im siebten Himmel. Im Rausch der Gefühle drifteten seine Gedanken ab. Vor seinem geistigen Auge sah er einen Abenteurer, der bis auf den Grund des Meeres tauchte, um einen Schatz zu finden. Andreas aber hatte seinen Schatz gefunden, ohne auch nur in Berührung mit Wasser gekommen zu sein. Er fühlte sich wie der König der Unterwasserwelt.
Doch dann realisierte er, dass es nicht ausreichte, einen Schatz zu finden. Man musste ihn auch bergen. Und damit begannen die Probleme. Wenn er sich an Mira, seinem Schatz, dauerhaft erfreuen wollte, musste er sie aus diesem Unterwasserhaus befreien. Und der einzige Weg nach draußen führte durch die Schleuse. Also entschloss er sich, der Schleuse einen Besuch abzustatten. Es war an der Zeit, sich nass zu machen. Doch zuvor musste er sich noch aus den Armen seiner Freundin befreien, was er sogleich mit großer Vorsicht und Behutsamkeit tat. Dann stand er auf.
„Was ist los?", fragte Mira verwundert.
„Ähm, ich habe etwas vergessen", log er. „Bis später!"

Nur eine Minute stand er vor der Schleuse und überlegte, wie er vorgehen würde. Der Taucheranzug hang griffbereit an der Wand. Hilfe von außen war nicht nötig, da man die Schleusen auch von innen öffnen konnte. Er konnte seinen Tauchgang also beginnen. Doch gerade als er nach dem Taucheranzug griff, hörte er hinter sich Stimmen. Als sie sich näherten, erkannte Andreas, dass sie Ruben und Ricardo gehörten.
„Ich werde die Verhältnisse gerade rücken. Ich werde …"
Dann unterbrach Ricardo seine Rede. Er hatte Andreas entdeckt.
„Was machst du denn hier, Andreas?", fragte er den Jungen erstaunt. „Du willst doch nicht etwa tauchen gehen?"
„Doch! Genau das habe ich vor!", antwortete Andreas entschlossen.
„Aber du trägst ja gar keinen Schutzhelm", erinnerte ihn Ricardo mit einem Grinsen. „Also würde ich es mir an deiner Stelle noch mal überlegen. Außerdem bin ich jetzt dran!"
„Aber ich sehe hier kein Handtuch. Also liegt auch keine Reservierung von dir vor", konterte Andreas. Dann zog Ricardo sein T-Shirt aus und warf es direkt vor das Schleusentor. „Siehst du! Jetzt *ist* es reserviert! Also würdest du bitte zur Seite gehen!"
Dann trat Ricardo auf Andreas zu, stieß ihn beiseite und nahm den Taucheranzug an sich. Etwa eine Minute später war Ricardo bereit, das erste Schleusentor zu passieren.
„Ruben, reich mir den Eispickel und den Hammer!"
Sein Bruder tat, wie ihm befohlen wurde.
„Was hast du vor, Ricardo?", wollte Andreas wissen.

„Ich werde ein Loch ins Eis machen", erklärte Ricardo. „Die globale Erwärmung kann doch nicht so schwach gewesen sein, dass sie noch meterdickes Eis übrig gelassen hätte."
Dann öffnete er das Tor, trat in den Schleusenraum, schloss die Tür hinter sich und ließ die Flut herein. Als das Wasser den Schleusenraum vollständig gefüllt hatte, schnellte er schnurstracks hinauf, sodass er wenige Sekunden später die Eisdecke erreichte. Dort setzte er sogleich die Spitze des Eispickels an, dem er flugs den ersten Hieb mit seinem Hammer versetzte. Die Wirkung war allerdings minimal. Lediglich einen winzigen Kratzer hinterließ sein Schlag. Doch davon ließ er sich nicht entmutigen, sondern schlug mehrmals fest hintereinander zu. Aber auch damit konnte er keinen tiefen Eindruck bei der Eisdecke hinterlassen. Ein Durchbruch schien in weiter Ferne, was schließlich auch Ricardo anerkennen musste. Also machte er sich wieder auf den Weg nach unten.
„Verflucht!", schimpfte er, als er wieder bei den anderen Jungs angekommen war. „Da ist einfach kein Durchkommen!"
„Vielleicht hast du es bloß an der falschen Stelle probiert", meinte Andreas.
„Hey! Ich kann doch nicht kilometerweise das Eis nach dünnen Stellen absuchen", hielt Ricardo dagegen, während er aus dem Taucheranzug schlüpfte.
„Aber ein paar Meter weiter ginge schon noch", behauptete Andreas und fügte dann kühn hinzu: „Ich werde es beweisen."
Ohne eine Antwort abzuwarten, nahm sich Andreas den Taucheranzug, zog ihn an und ging zur Schleuse, während ihn die beiden anderen Jungs verdutzt dabei zuschauten. Er lächelte zuversichtlich, als er den

Schleusenraum betrat. Doch drinnen rutschte ihm plötzlich das Herz in die Hose. Jetzt gab es keinen Weg zurück. Die kritischen Augen seiner Beobachter machten einen Rückzug unmöglich. Nun musste er sich nicht nur dem Kampf mit dem Wasser stellen. Jetzt hatte er einen weiteren Konkurrenten bekommen: Ricardo. Diesen musste er übertrumpfen, indem er deutlich weiter schwamm als es Ricardo vorhin getan hatte. Dabei war Andreas weder ein besonders guter Schwimmer noch ein erfahrener Taucher.
Die Wucht des hineinströmenden Wassers brachte ihn ins Wanken. Mit solch einer Gegenwehr hatte er nicht gerechnet. Er musste sich eingestehen, dass die erste Runde an das Meer ging. Doch der Kampf hatte ja gerade erst begonnen. Nun würde er zurückschlagen. Und als kein weiteres Wasser mehr eindringen konnte, gelang es ihm tatsächlich, wieder Herr über seinen Körper zu werden. Dies war auch dringend notwendig, denn er wusste, dass jede Sekunde unter Wasser kostbar war. Sogleich schwang er sich empor und berührte kurz darauf die Eisdecke. Doch dies war bloß eine Zwischenstation. Er musste weiter. Er hatte höhere Ziele. Ziele, die mindestens zehn Meter weiter von dort entfernt waren. Doch zu seiner Beunruhigung musste er feststellen, dass es ihm sehr schwer fiel, sich horizontal im Wasser zu bewegen. Das Meer hatte eine Waffe abgefeuert, die ihm schwer zusetzte: Kälte. Sie kostete ihn wertvolle Sekunden. Entscheidende Sekunden. Er sah sich gezwungen, die weiße Fahne zu hissen. Doch zu seinem Schrecken realisierte er, dass es für eine Kapitulation schon zu spät war, dass das rettende Ufer außer Reichweite war. Die Schleuse schien schon zu weit entfernt zu sein, als dass er sie noch hätte erreichen können. Er wurde pa-

nisch. Seine Bemühungen, voranzukommen, glichen mehr einem Zappeln und Strampeln als kontrollierten Tauchbewegungen. Seine Luft wurde immer knapper. Gleichzeitig näherte sich ihm die Schleuse viel zu langsam. Er würde es nicht schaffen. Er hatte sich übernommen. Auf Wiedersehen, schöne Welt!
Dann sah er ein weißes Licht, das langsam auf ihn zukam. So sah also das Ende aus, dachte er bei sich, bevor er schließlich sein Bewusstsein verlor.

Kapitel 15: Das Ende

19. September

„Wo war Andreas bloß?", fragte sich Mira, nachdem sie vergeblich an seiner Tür geklopft hatte. Vielleicht wusste es Elena, seine Schwester.
„Hallo, Elena! Hast du eine Ahnung, wo dein Bruder stecken könnte? Er ist vorhin ohne Erklärung und beinahe Hals über Kopf abgehauen, was ich schon ziemlich seltsam finde."
„Nein. Tut mir leid. Aber ich helfe dir gerne, ihn zu suchen. Ich wollte ihn nämlich auch etwas fragen."
„Worum geht's denn?", erkundigte sich Mira.
„Du kennst doch Ruben, oder?"
„Ja klar, das ist der kleinere von den beiden Koloski-Brüdern. Was ist mit ihm?"
„Der hat mich doch tatsächlich nach einem Date gefragt."
„Ganz schön mutig von ihm."

„Das fand ich auch. Solch eine Frage hätte ich viel eher von Ricardo erwartet. Aber vielleicht hat ihm sein Sieg beim Quiz das nötige Selbstvertrauen gegeben", mutmaßte Elena.
„Ach, Ruben hat gewonnen? Das hat mir Andreas noch gar nicht erzählt."
„Du weißt doch, wie Jungs sind. Sie wollen immer als Held dastehen. Niederlagen verschweigen sie lieber. Viele Jungs haben ein ausgeprägtes Ehrgefühl. Sie wollen sich ständig beweisen."
„Und hältst du deinen Bruder auch für solch einen Jungen?"
„Bisher eigentlich nicht. Ich meine, bisher war er eher der vernünftige Typ."
„Bisher? Was meinst du damit?"
„Ich meine, bevor er *dich*, liebe Mira, getroffen hat."
„Also könnte es jetzt schon sein, dass ihn sein Ehrgefühl gepackt hat, und dass er sich beweisen will?"
„Ja, das könnte ich mir durchaus vorstellen", erwiderte Elena. „Aber wo könnte er sich beweisen?"
Die beiden Mädchen dachten einen Moment nach. Dann fiel es ihnen wie Schuppen von den Augen.
„Ich hab's!", riefen sie gleichzeitig. „Er ist bei der Schleuse!"
Die Mädchen eilten los in Richtung Treppe. Dort hasteten sie die Stufen hoch. Ihre innere Unruhe ließ sie kurz darauf durch das Gewächshaus hetzen. Ihnen war bewusst, dass die Schleuse nicht ganz ungefährlich war, und dass sich Andreas möglicherweise in Gefahr befand. Gleichzeitig hofften sie, dass Andreas schlau genug war, lebensbedrohliche Dummheiten wie das Tiefseetauchen ohne Sauerstoffflasche zu meiden.

Doch als sie den Ort erreichten, wo sie Andreas vermuteten, blieb ihnen vor Schreck das Herz stehen. Sie sahen Andreas am Boden liegen und jemanden, der sich über ihn beugte.
„Andreas? Oh mein Gott! Ist er...?"
Tot?
„Nein. Er ist nicht tot", antwortete Ruben. „Aber viel hat nicht gefehlt. Er hatte riesiges Glück, dass Herr Franzen genau im richtigen Moment aufgetaucht ist, im wahrsten Sinne des Wortes."
Als sie sich dem am Boden liegenden Andreas näherten, erkannten sie, dass in seinem Körper tatsächlich noch ein Rest Leben war: Seine Augen waren halb geöffnet und sein Brustkorb mühte sich, Luft in seine Lungen zu pumpen.
„Er hat ziemlich viel Wasser geschluckt", erklärte der Mann im Taucheranzug. „Aber zum Glück war ich noch früh genug zur Stelle, um ..."
Doch weiter kam er nicht. Denn während Mira auf Andreas zustürmte, rief sie freudestrahlend: „Andreas, ich bin so froh, dass du am Leben bist!"
Dann drückte sie seinen Oberkörper, der sich langsam erhob, fest an sich.
„Ich freue mich auch", meldete sich Elena zu Wort. Dann wandte sie sich an Stefan: „Ich kann Ihnen gar nicht sagen, wie dankbar ich Ihnen bin, dass Sie meinen Bruder gerettet haben."
„Das musst du auch nicht. Immerhin bin ich nicht ganz unschuldig an seinem lebensgefährlichen Tauchgang."
„Wie? Was? Das verstehe ich nicht", stammelte Elena.
„Mein Name ist Stefan Franzen. Ich arbeite für Ulrich Niemann. Das ist der Mann, der dieses Unterwasser-

haus bauen und euch alle dort unterbringen ließ. Mit seinem U-Boot bin ich hierhergekommen, um euch freizulassen."
Auch diese Erklärung sorgte für Verwirrung bei Elena. Freiheitsentzug schien zu Lebensrettung nicht zu passen.
„Und wieso wollte er, dass wir hier unter Wasser eingesperrt sind?"
„Er wollte euch schützen. Er hat leider sehr mächtige und skrupellose Feinde, die vor nichts zurückschrecken. Auch nicht davor, Menschen töten zu lassen, wenn es nur der Rache am Erzfeind dient. Ulrich Niemanns Erzfeind – sein Name ist Jörg Jäger - hat gedroht, euch und eure Eltern umbringen zu lassen. Dagegen haben wir getan, was wir tun konnten. Es tut mir leid, dass wir euch und insbesondere deinen Bruder dadurch dieser Gefahr ausgesetzt haben."
„Sie müssen sich nicht entschuldigen. Sie haben ja aus edlen Motiven gehandelt", zeigte sich Elena verständnisvoll. „Und gerade haben Sie auch noch meinen Bruder gerettet. Da kann ich Ihnen unmöglich böse sein."
„Das freut mich zu hören."
„Und mich würde es erfreuen", schaltete sich Ricardo ein. „Wenn Sie uns endlich aus diesem Unterwasserkäfig bringen würden."
„Ja, das werden wir gleich in Angriff nehmen. Ich wollte bloß sicherstellen, dass alle hier unten wohlauf sind."
„Ja, das sind sie", antwortete Elena. „Allerdings gibt es eine Person, Mira – sie ist das Mädchen, das sich gerade um meinen Bruder kümmert - die dringend Medikamente benötigt."

„Wir werden tun, was in unserer Macht steht", versicherte ihr Stefan. „Allerdings möchte ich auch nicht unerwähnt lassen, dass dort oben auf Spitzbergen der Feind lauert. Wir müssen also sehr vorsichtig sein, zumal die Handlanger von Herrn Jäger sogar Leute aus der Bevölkerung Spitzbergens auf ihre Seite gebracht haben."
„Mit denen werde ich schon fertig!", prahlte Ricardo.
„Genauso wie du mit mir fertig geworden bist, Ricardo?", fragte ihn Ruben mit einem schelmischen Grinsen.
Stefan ging nicht weiter auf den kleinen Streit der Brüder ein, sondern erklärte: „Ich werde nun Herrn Niemann Bescheid geben, dass das U-Boot, mit dem ich hiergekommen bin, an Terra Galla – so haben wir dieses U-Haus getauft – andocken kann, damit ihr alle diesen Ort verlassen könnt."
„Das klingt gut, Herr Franzen. Danke!", sagte Elena und reichte ihm die Hand, die er sogleich entgegennahm. Dann trat Ruben auf Elena zu und bat ihn, Dr. Sharma zu holen, damit Andreas angemessen medizinisch untersucht werden konnte. Nicht einmal eine Minute später erschien der Arzt. Zur Erleichterung aller fiel seine Diagnose überaus positiv aus. Für Mira bedeutete diese Nachricht, dass Andreas fit genug war, um sich ihre Vorwürfe anzuhören: „Wie konntest du mir nur solch einen Schrecken einjagen? Wie bist du überhaupt auf die Idee gekommen, tauchen zu gehen?"
„Bitte verzeih mir, Mira. Ich wollte dir keine Angst einjagen. Ich habe nach einem Ausweg gesucht. Aber ich hätte es besser wissen sollen. Wenn es Herr Koloski und sein ältester Sohn es nicht schaffen, wie konnte ich glauben, dass ich es schaffen würde, das

Eis zu durchbrechen? Das war echt dumm von mir. Aber ..."
„Was aber?"
„Aber ich musste doch irgendetwas machen. Ich konnte doch nicht einfach zusehen, wie du vor die Hunde gehst."
„Ich *werde* nicht vor die Hunde gehen."
„Ja und das macht mich überglücklich."
Und darauf gab es nur eine einzige richtige Antwort: ein leidenschaftlicher Kuss.
Als Ruben dies sah, fiel ihm ein, dass Elena ihm noch etwas schuldete.
„Und wie lautet nun deine Antwort, Elena? Du hast ja jetzt eine Nacht drüber geschlafen. Und wie es aussieht, kann ich dir nun sogar statt eines Candle-Light-Dinners ein *Star*-Light-Dinner bieten."
„Oh, die Sterne! Wie freue ich mich darauf, sie wiederzusehen!"
Eine kleine Pause entstand. „Ach, und auf ein Dinner mit dir, Ruben, würde ich mich auch freuen."
Ruben strahlte - erst in Elenas Richtung, dann in Richtung seines Bruders, um zu sehen, ob er Elenas Ja mitbekommen hatte. Positiv. Rubens zufriedenes Lächeln hielt an. Ricardo aber sah aus wie ein begossener Pudel, ein wenig mehr metaphorisch als buchstäblich.

Etwa eine Stunde später gab es die nächste Versammlung sämtlicher Familien. Doch dieses Mal waren noch drei weitere Männer dabei: Uli, Stefan und Olaf. Und sie waren nicht in ihrem üblichen Versammlungsraum, sondern standen auf dem gefrorenen Boden von Spitzbergen. Das Wort ergriff Uli, der sich ein wenig wie der Gastgeber fühlte.

„Liebe Eltern, liebe Kinder. In Anbetracht der bedrohlichen Lage, in der wir uns leider immer noch finden, will ich mich auf das Wichtigste beschränken. Zunächst einmal möchte ich mich bei Ihnen für all das, was Sie durchmachen mussten, entschuldigen."
Uli machte eine kurze Pause, während der er Augenkontakt mit den anwesenden Familien suchte. Sie sollten erkennen, dass er diese Entschuldigung ehrlich und aufrichtig meinte. Dann fuhr fort: „Und nun will ich Ihnen kurz meinen Plan skizzieren. Wenige Kilometer von hier ist ein Flughafen. Den gilt es zu erreichen, ohne von den Handlangern meines Feindes Jörg Jäger entdeckt zu werden. Den Weg dorthin sagt mir meine GPS-Uhr. Also bitte folgen Sie mir!"
Doch plötzlich befahl eine durchdringende Stimme: „Sie werden nirgendwohin gehen!"
Die Stimme gehörte Phil. An seiner Seite stand Daryl, der seine Pistole auf Uli und die anderen richtete.
„Herr Niemann, haben Sie tatsächlich geglaubt, ich lasse Sie so einfach mit all meinen Zielpersonen gehen? Ich habe Daryl aufgetragen, sie entkommen zu lassen, damit Sie uns zu den Familien führen. Und genau das haben Sie mit Hilfe des dummen Olafs getan. Vielen Dank!   Jetzt sind Daryl und ich endlich am Ziel. Endlich können wir unseren Auftrag erledigen. Sie alle sind uns ausgeliefert. Widerstand ist zwecklos."
„Niemand wird Widerstand leisten", erwiderte Uli. „Ich glaube auch nicht, dass dies nötig sein wird. Denn niemand wird so hartherzig sein und Kinder erschießen, auch Sie und Daryl nicht."
„Unterschätzen Sie nicht unsere Entschlossenheit, Herr Niemann! Andererseits hatte ich auch nicht an ein Erschießen gedacht, sondern an ein Ertränken oder

Erfrieren, je nachdem, was zuerst eintritt, nachdem ich Sie irgendwo im arktischen Meer über Bord habe werfen lassen. Das müsste Sie doch erfreuen, Herr Niemann, denn das ist eine viel menschlichere Methode."
„Nein. Das ist eine viel feigere Methode."
„Nennen Sie es, wie Sie wollen, Herr Niemann. Immerhin wird es Ihr Tod sein. Und Sie werden mit dem Wissen sterben, dass Sie für den Tod all dieser Menschen verantwortlich sein werden. Da hat sich unser Meister wirklich einen teuflischen Racheplan ausgedacht."
„Ja, er muss wirklich der Teufel sein!", rief Stefan voller Hass und Abscheu.
Phil ignorierte Stefans Bemerkung und fuhr unbeirrt fort: „Also würden Sie mir bitte folgen? Ich führe Sie zu dem Boot, das Sie an Ihr letztes Ziel bringen wird, an ihr allerletztes Ziel."
Angst und Entsetzen verzerrten die Gesichter der Kinder und Jugendliche, von denen sich fast alle hilfesuchend an ihre Eltern klammerten. Nur Ricardo trat einen Schritt nach vorn. Er war entschlossen, den Gaunern die Stirn zu bieten. Doch just in dem Moment, in dem er Luft holte, um etwas zu sagen, traf ihn der finstere Blick von Daryl, der seine Waffe hörbar entsicherte.
„Nein, Ricardo!", befahl ihm sein Vater. „Du musst nicht den Helden spielen!"
Ricardo gehorchte und trat wieder zurück, während er versuchte, Daryl mit seinen Blicken zu töten.
Phil freute sich, dass sich nun alle ihrem Schicksal fügten. Doch dann tauchten plötzlich etwa ein Dutzend bewaffneter Männer auf. Einer von ihnen war Torben: „Ich dachte, wir könnten Ihnen vielleicht behilflich sein und sind Ihnen daher gefolgt", erklärte er.

Als er die Familien sah, fragte er: „Wer sind diese Leute?"
Phils Freude wich einer Wut, die er nur mit Mühe unterdrücken konnte. Er betrachtete das Erscheinen von Torben und den anderen als unerwünschten Ausdruck ihres Übereifers. Durch ihre Anwesenheit geriet Phil für einen kurzen Moment in Erklärungsnot. Doch schnell genug hatte er eine Antwort parat.
„Dies sind die Leute, die für das Verschwinden der Nordlichter verantwortlich sind. Endlich haben wir sie gefunden. Nun wollen wir sie zu unserem Boot führen, um jeden einzelnen von ihnen in aller Ruhe zu befragen."
„Das ist nicht wahr! Er lügt!", rief Olaf so laut, wie es seine beeinträchtigte Stimme zuließ.
„Daryl!", Phil wandte sich an seinen Kumpel. „Sag *du* es ihnen!"
„Phil sagt die Wahrheit", log Daryl für seinen Kollegen. „Ihr werdet doch etwa nicht Olaf, dem Penner, glauben?"
Torben sah kurz zu Olaf, doch wandte sich schon im nächsten Moment angeekelt von ihm ab. Dann erklärte er: „Okay, Sheriff. Wir werden Ihnen dabei helfen, die Leute abzuführen."
„Nein. Daryl ist der Lügner!", rief Uli. „Daryl und Phil wollen uns umbringen! Sie allein können das verhindern! Bitte helfen Sie uns!"
Aber es half nichts. Torben und seine Leute hatten sich entschieden, Daryl zu glauben.
„Los! Geht schon!", schrie Daryl in Richtung der Familien. „Wir haben nicht den ganzen Tag Zeit!"
Doch niemand bewegte sich. Auch die bewaffneten Männer um Torben rührten sich nicht, sondern schauten bedächtig nach oben.

„Was soll das?", herrschte Phil die Leute an. „Was ist denn los?"
„Phil, schau doch nur!", rief Daryl entzückt. „Die Nordlichter! Sie sind wieder da!"
Ein leuchtendes Grün, gesäumt von einem Hauch von rosa, erschien wie magischer Rauch am Himmel.
„Na und! Das macht doch keinen Unterschied!", schrie Phil.
„Doch!", krächzte Olaf. „Das Erscheinen der Nordlichter beweist, dass der Sheriff gelogen hat, und dass die Menschen dort unschuldig sind. Wo es kein Opfer gibt, gibt es auch keinen Täter. Lasst nicht zu, dass Daryl und Phil diese unschuldigen Menschen zu Opfern machen, und entwaffnet vor allem diesen verlogenen Daryl! Er hat es nicht verdient, euer Sheriff zu sein!"
Sogleich traten mehrere Männer auf Daryl zu. Doch bevor er zu seiner Waffe greifen konnte, legte Phil seine Hand auf Daryls und sagte: „Nein, Daryl. Nicht! Es ist vorbei."
Daryl kam der Aufforderung Phils nach und trennte sich von seiner Alice, was unter den Familien eine ungeheure Erleichterung und Freude auslöste. Uli, der ähnlich empfand, wandte sich an Phil und bemerkte mit einem Lächeln auf den Lippen:
„Ach, habe ich schon erwähnt, dass ich immer ein großer Naturliebhaber gewesen bin? Als ob ich es geahnt hätte, dass sie irgendwann einmal meine Retterin werden würde."

Epilog

21. September

Wie jeden Morgen setzte sich Jörg Jäger an seinen Computer, um sich zu vergewissern, dass seine Leistung, der Zusammenbruch des Internets, fortwirkte. Es verschaffte ihm eine gewisse Genugtuung zu sehen, dass sein Computer keine Verbindung zum Internet herstellen konnte. Er stellte sich dann immer vor, wie Menschen auf der ganzen Welt das gleiche 'Problem' hatten, und dass sie dabei möglicherweise seine Organisation, Greenatac, bewunderten oder auch verfluchten. Welche Gefühle dabei ausgelöst wurden, war ihm nicht so wichtig. Es zählte, dass sein Werk wahrgenommen und gewürdigt wurde, und dies idealerweise jeden Tag. Es zählte, dass die Menschen so oft wie möglich daran erinnert wurden, dass sie ihren Planeten nicht vernachlässigen durften.
Doch an diesem Morgen konnte ihm sein Computer nicht diese Befriedigung verschaffen, denn dieses Mal blieb der Computer nicht stumm, sondern erdreistete sich mit ihm zu sprechen: „Sie haben eine neue E-Mail."
Jörg Jäger traute seinen Augen nicht, als er auf den Bildschirm seines Computers schaute.
„Aber ... aber das kann nicht sein!", rief er völlig perplex.

Dann las er den Namen des Absenders: Uli Niemann. War es möglich, dass ihm irgendjemand einen bösen Streich spielte? Oder konnte es tatsächlich Uli sein? Widerwillig klickte er auf die Mail. Im nächsten Moment erschien dieser Text:

Hallo Jörg, alter Kumpel!

Mir geht's gut. Und wie geht's dir? Ich nehme an, du bist überrascht, von mir zu lesen. Ich hätte auch schon viel früher von mir hören lassen, wenn ich nicht diese lästigen Verbindungsprobleme mit dem Internet gehabt hätte. Aber wie du siehst, funktioniert es nun wieder. :-) So kann ich dir in Zukunft wieder regelmäßig E-Mails schreiben. Du musst mir bloß die E-Mail-Adresse des Gefängnisses nennen, in das du in Kürze gebracht wirst.

Ich habe übrigens deine Freunde Phil und Daryl kennenlernen dürfen. Leider haben sie sich als wenig nützlich erwiesen. Aber keine Angst! Ich habe einen Weg gefunden, sie zu recyclen. Daryl wird nach seinem Gefängnisaufenthalt in einem Schießstand arbeiten. Für sein seelisches Gleichgewicht habe ich auch gesorgt. Er wird nämlich psychologisch betreut werden, wenn er wieder auf freiem Fuß ist.
Und für den audiophilen Phil habe ich nach seiner Zeit als Sträfling ein einjähriges Praktikum beim Royal Philharmonic Orchestra organisiert. Dort wird er hoffentlich die lang ersehnte Harmonie finden.

Liebe Grüße
Dein Uli und Stefan

*PS. Quicklebendige Grüße senden dir außerdem
(in alphabetischer Reihenfolge):*

*Emilia Koloski
Lukas 'Klint' Koloski
Ricardo Koloski
Ruben Koloski
Alexander Samaras
Anna Samaras
Georgios Samaras
Maria Samaras
Oksana Samaras
Ashanti Sharma
Dr. Kalidas Sharma
Mira Sharma
Andreas Sindermann
Elena Sindermann
Dr. Udo Sindermann
Ulima Sindermann*

Empfehlenswert sind auch folgende Bücher:

Traumhaft
(Autor: Ben Förtner)

Klappentext: 'Ich bin gleich wieder zurück', versprach Janine, das Kindermädchen. 'Seid schön brav, meine Lieben!' Gemeint waren Sigourney, Samantha und Jeremias Junior: drei Geschwister, von denen nur zwei den heutigen Tag überleben würden. Die Saat des Bösen war bereit aufzugehen.

Das erschütternde Ende des einen Kindes bedeutet für ein anderes Kind den Beginn eines schrecklichen Albtraums, der bald wie ein Krebsgeschwür zu streuen beginnt.

Ein spannender und rasanter Psycho-Thriller.

Frau Bunsen macht den Brenner
(Autor: Markus Zimmermeier)

Klappentext: „Wieso fliegt jemand aus dem Ruhrgebiet zum Gurkenkauf nach Fukushima, also zu dem Ort, wo es den größten Atomreaktorunfall seit Tschernobyl gegeben hat? Ist dies vielleicht eine neue Art des Öko-Tourismus? Oder hat da jemand eine Wette verloren? Die Wahrheit ist näher, als man denkt, zumindest näher als Fukushima.
Diese milde Öko-Satire mit Herz gibt Auskunft über die Gründe für diese seltsame Reise und ihre Folgen für die beteiligten Personen."

Dieser prägnante Roman beinhaltet nicht nur drei sehr unterschiedliche und ungewöhnliche Liebesgeschichten, sondern fördert auch Werte wie Umweltbewusstsein, Respekt vor älteren Menschen und Toleranz gegenüber Homosexualität.